竜王の末姫
コレット・デューブロイシス
聖槍に選ばれし者
ラッカライ・ケルブルグ

不出来な弟子、ビビアよ。
これで終わりだ。
片槍大伸審判《偽・グングニール》！

勇者パーティーを追放された俺だが、俺から巣立ってくれたようで嬉しい。

……なので大聖女、お前に追って来られては困るのだが？

2

CHARACTERS

アリアケ・ミハマ

勇者パーティーの荷物持ち《ポーター》で無能扱いされているが、その正体はありとあらゆるスキルを使用できる《真の賢者》

ラッカライ・ケルブルグ

なぜか聖槍に選ばれた弱気な槍手。才能を伸ばすため、一時的に勇者ビビアの師事を仰ぐことになるが――

アリシア・ルンデブルク

勇者パーティーの大聖女にして国教の教皇。アリアケの追放後にパーティーを抜けて、彼を熱心に追い続ける

コレット・デューブロイシス

竜王ゲシュペント・ドラゴンの末姫。千年間幽閉されていたところをアリアケに救われてから彼に同行するしている

ビビア・ハルノア

聖剣に選ばれし王国指定勇者。アリアケを追放したため彼のサポートを失い、現在転落街道まっしぐら

セラ

温厚なエルフ族の姫。エルフの森を枯死から守ってくれたアリアケを慕っている

フェンリル

アリシアに付き従う十聖の獣。人間形態は美しい女性。主《アリシア》の主《アリアケ》を気に入った様子

CONTENTS

これまでのあらすじ

「お前は今日から勇者パーティーをクビだ！」
「馬鹿が、それは俺のセリフだ」

真の賢者アリアケ・ミハマ。
神託により、あらゆるスキルを無尽蔵に繰り出しながら王国指定勇者パーティーのサポートに徹していたが、
勇者ビビアから無能扱いを受け追放されてしまう。
面倒な役目からようやく解放されて喜んだアリアケは、念願だった静かで自由な旅を始めることに。
だが、旅路で助けたドラゴンの姫コレット、
なぜか自分を追いかけてきた勇者パーティーの大聖女アリシアとともに、
旅の先々で圧倒的な活躍を見せてしまい、図らずもアリアケは注目を浴びる日々を送ってしまうのだった。

一方、アリアケのサポートを失ったビビアたち勇者パーティーは、
連戦連敗により富と名声を急速に失い、挙げ句の果てにはダンジョンを破壊した罪で投獄されてしまう。
屈辱に震えるビビアだったが、彼のもとに現れたグランハイム王国のワルダーク宰相により、
起死回生のチャンスが言い渡されて――。

0、プロローグ

俺とコレットは馬車に揺られながら、目的地であるオールティの街を目指してのんびりと旅をしていた。

海を渡るため次の目的地は海洋都市『ベルタ』である。

先日、勇者ビビア率いる勇者パーティーに役立たずのレッテルを貼られて、追放された俺だが、彼らの思惑とは裏腹に「やっと俺から巣立った手間のかかる幼馴染《おさななじみ》パーティー」たちが自立し、今後頑張って社会の役に立つことを彼らの上に立つ者として心から応援していた。

何せ、俺が彼らのポーターを務めていた理由は、幼き頃神からわざわざ俺へ神託があったためだ。人を導く才能を持つ俺への直接の神からの依頼。

なるほど、俺ならば適任だろう。

無論、その依頼を無視することもできた。

だが、大切な幼馴染たちの力に少しでもなれればと、俺は彼らをバックアップする者として、できるだけ見守る形で彼らを教育し、導いてきたのである。

そして、幸い彼らは自分たちだけで歩けるのだと、自ら判断をして俺のもとから飛び出した。

それは寂しいことでもあるが、誇らしいことでもある。

不出来とはいえ、俺の弟子たちが、自分なりに歩くことを選んだのだから。転んでもいい。なぜなら、歩こうとしなければ転ぶことさえできないからだ。

「む、旦那様、ちょっと待つのじゃ。何者かがいるみたいじゃぞ？」

「ふむ？」

御者台で隣に座り、俺に体重を預けるようにしていたコレットが警戒するように言った。

娘の名はコレット・デュープロイシス。

世界最強のドラゴンであるゲシュペント・ドラゴンの末姫というとんでもないスペックを持つ少女だ。

呪いによって千年間封印され、その権能をはく奪されかかっていたところを、偶々《たまたま》……いや、俺にとっての偶々というのは、運命を意味するわけだから、必然として俺によって助けられ一緒に旅をしている。

そのとんでもスペックの彼女が一キロ先に誰かが複数いることを発見したと報告を上げた。

「旦那様、ここから焼き払うか？」

「何度も言うように、いきなりなんでも焼き払って解決しようとするクセは直らんのか？」

「にゃはは。せっかく旦那様との二人っきりのランデブーなのじゃし。それを邪魔する輩《やから》は丸焦げになってもしょうがないのじゃ。旦那様優先権を持つのはアリシアぐらいじゃからな」

「その『旦那様優先権』という不穏な権利はなんだ？」

「おおっと、これは口が滑ったのじゃ！　姉妹の誓い・秘密「その8」であったわ！　忘れるのじゃ！　にょわははは……」

と、そんな俺にとってはよく分からない会話をコレットがいつも通りフワフワとした微笑《ほほえ》みを浮かべながらしているうちに、

「お待ちください、賢者アリアケ様」

「お待ちしておりました」

そう言って、検問のように街道の通行をふさいだのは、どうやらこのグランハイム王国の兵士たちのようだ。

「何ようだ？」

俺の問いかけに、兵士たちは頭を下げながら答える。

「王からの勅命を伝えます！　大賢者アリアケ・ミハマは、勇者ビビア・ハルノアと海洋都市『ベルタ』で王族や数万の国民たちの前で御前試合を行うべし！　時期は一月後！」

するとコレットが、

「旦那様、御前試合とはなんじゃ？」

と聞いていた。

「うん、要するに王族や大衆たちの前で戦闘行為をしろということだ。それによって国の武力を国民に示したりすることが目的になる」

「じゃが、なぜ今旦那様にそんな依頼が来るのじゃ？」

「まぁ察しはつくさ。王国指名勇者ビビアは俺という支柱が抜けたことで、ミスが続いているようだ。王国指名勇者は、その国の権威や武力を他国に示し、国民の支持にもつながる重要な存在。ゆえに、現状の、俺が抜けて戦力が激減した勇者パーティーの体たらくに焦った王国が、再びその人気を取り戻すために、今世間を……不本意ながらにぎわせてしまう活躍を見せ続けている俺を当て馬にしようという魂胆なんだろう」

「さすが旦那様なのじゃ！　そこまで見抜かれておるとは!?」

コレットが目をみはるが、

「ふっ、これくらい大したことではないさ」

俺は肩をすくめる。

コレットは「いいや、大したものじゃ！」と何やら対抗するように言い張ってから、

「であるならば旦那様。旦那様はこたびの勅命とやらは断るのか？」

「そうだなぁ」

俺は正直迷う。

彼らの意図は既に理解した。

わざわざ俺が出向くメリットは少ない。

「い、いや！　あなたに拒否権はっ……」

判断を迷う俺を見て、ギョッとした兵士の一人が焦った様子で言った。

まさか勅命を断られる可能性など考えてもみなかったということだろう。

しかし、

「人の王ごときの命令になんの権限があろうか。我が竜の命でさえ、旦那様を意のままにすることはできぬ。控えよ、人の子よ」

コレットが今までとは違う冷ややかな様子で言う。

それはまさに竜の末姫たる貫録を備えたもの。

「ひっ!?」

兵士がその威圧だけで金縛りにあったように凍りつく。

圧倒的な存在を前に、まさに捕食者に狙われたネズミ……。

だが、俺はその言葉に首を振り、

「確かに、俺がここで拒否することはたやすい。王族どもの意図もくだらん。だが、俺にとってメリットがないわけではないさ、コレット」

「ほえ、そうなのか？」

いつもの調子に戻ったコレットが美しい瞳で俺を見て言った。

「俺から巣立った彼らがどれほど成長したのか。巣立ち、歩いたことで沢山の失敗をしたことだろう。それが実際の拳を交えることで分かるはずだ。そして、今後も彼らがこの世界を救う勇者としてやっていけるよう、指導してやるとしよう」

その言葉にコレットはにっこりと笑って、

「さっすが旦那様なのじゃ！　追放した勇者どもをまだ気にかけて、あまつさえ、教え導こうとするのじゃから！　常人にはできぬ格の大きさよ！　さっすが我が旦那様！」

俺はその言葉に微笑みながら、

「王に伝えよ。貴様の申し出を了承するとな」

俺の言葉に兵士たちは、言葉も出ない様子で、しっぽを巻くように馬にまたがり、駆け去っていったのだった。

こうして俺たち賢者パーティー一行は、海洋都市『ベルタ』で勇者パーティーと御前試合を繰り広げることになった。

多数の王族や、数万の民の前で、成長した勇者たちが俺に対して、どんな戦いを繰り広げてくれるのか、いつも冷静な俺でさえも、師として、上に立つ者として、若干の興奮を抑えずにはいられないのだった。

1、勇者ビビアと御前試合と弟子

「御前試合ぃぃぃぃいいいい!?　あのクソ雑魚アリアケとだとおおお!?」

俺こと勇者ビビア・ハルノアは思わず声を上げてしまった。

俺たち勇者パーティーは今、グランハイム王国の首都パシュパシーンに来ていた。今いるのは宰相ワルダークの私室である。

王国から一度の些細《ささい》なミスにより聖剣を奪われた俺だが、見事試練のワイバーンを粉砕した。その際、俺の強大な力によってもたらされた不幸な事故によって狩場を破壊してしまい、一時的に冤《えん》罪《ざい》をかけられたが、日頃の行いによって宰相ワルダークに救出され、今に至るというわけだ。

そんな英雄的存在の俺に、あろうことか目の前の男、宰相ワルダークは無茶な要求をしてきた。

雑魚のアリアケと戦えと言うのだ。

「かひっ！」

俺は思わず吹き出すと、

「ひーっひっひっひ！」

ついつい笑い出してしまった。

「何がおかしいのかね？」

ワルダーク宰相が言う。

「あんな雑魚となんて戦う価値もねえ！　俺が勝つに決まってる！　モンスターと戦ってる時だって、後ろで偉そうなことを言って震えているだけ。荷物持ちしかできねえクソ雑魚無能野郎だぁ！　だから俺の勇者パーティーから追放してやったんだ。そんな奴と『海洋都市ベルタ』で御前試合だとぉ!?　そんなことしたら瞬殺に決まってるだろうが！　試合にすらならねえよ！」

「その通りですわ！　おーっほっほっほ！」

女拳闘士デリアも嗤《わら》いながら、

「勇者ビビアの手を煩わすまでもありません。私の拳で一撃ですわ！　いえ、拳を使うのももったいないくらいですわ！」

「そうだ」

国の盾と謳《うた》われたエルガーが重々しく頷《うなず》く。

「あのような軟弱な男と試合なぞ、時間の無駄だろう。筋肉が圧倒的に足りていない。俺のような精悍《せいかん》さが少しでも身につかなくては敵の攻撃を受けることもできない。戦う資格などないに等しい」

「だよね～」

魔法使いのプララも唇を歪《ゆが》めると、

「だけど一回くらいシメてやった方がいいかもしんないね。ま、あんな雑魚とわざわざ試合なんて面倒だから、道ですれ違った時に腹パンしてやればいいんだよ」

そう言って皆で嘲笑《あざわら》う。

「あの、果たしてそうでしょうか」

「は？」

俺は思わず変な声を上げる。

せっかく盛り上がってた気分に水を差されたからだ。それをした奴というのは……、

「聞けば、メディスンの街で冒険者をまとめあげて、魔の森のモンスターたちから人々を救ったとのことです。今や冒険者の中では彼を英雄とたたえる向きもあるそうですよ？」

緑の髪を伸ばした十五歳くらいの少女、ローレライはあっけらかんとそう言って微笑《ほほえ》んだ。

「そんなの嘘《うそ》に決まってる！　あるわけねえ！　あんな無能ポーターに！　なぁ、ワルダーク宰相!!」

「あの、勇者様。いきなり目を血走らされると怖くて気持ち悪いのですが……」

ローレライが一歩後ずさったようだが、気にしている場合ではない。

だが宰相は顎を撫《な》でながら俺の方を見ると、

「王国騎士団には失敗は許されない。だから表向《おもてむ》きは王国騎士団がメディスンの街を救い、魔の森を殲滅《せんめつ》したことになっている」

「は？　なんだよ……それ……どういう意味だよ……」

「これ以上は言えんよ。わしも立場のある身なのでな」

「ぐぎ、ぐぎぎぎぃぃぃぃぃがあああああ!!」

俺は歯噛《はが》みして地団太を踏む。

ローレライが更にもう一歩、大きく後ずさるが、気にする余裕はなかった。

俺がっ……！

「俺が狩場を破壊したなんていう冤罪をかけられているのに、あいつがそんな英雄的な行為をしていたはずがないんだ！　あああああああ!!」

天に向かって絶叫する。

「あの……やっぱり私、パーティーから離脱していいですか？」

「お、俺もお供しますよ、ローレライさん！」

ローレライの言葉に、ポーターのバシュータが応じた。

だが、

「む・だ・よ」

その二人の肩をがっしりとデリアが摑み、優しくニコリと微笑む。

「いまだにラクスミーの狩場を破壊したことで、沢山のクレームや損害賠償請求が届いているの。勇者パーティーだからなんとか国家権力に守られてるけど、この勇者パーティーがなくなったら私たち全員終わりよ。奴隷落ちか、臓器を抜き取られるか……ひ、ひぃぃぃ……。メ、メンバーが減るような行為は許さないわ！」

「うっ……うっ……。な、なんでこんなことに……！」

「お、俺もただのポーターだったのに……。ああ、神様……」

その様子を見ながら、プララが大笑いしていた。

「くひひひ。人の不幸を見てると気分がいいわぁ！」

「本当にクズだな、お前は……」

エルガーが渋面を作るが、

「はぁ？　ダンジョンで味方を置き去りにする奴の方がクズに決まってんじゃ〜ん。つまり、あんたが一番ドクズってことだよ」

「なんだとぉっ！」

「んだよ！」

くそっ……！

俺は舌打ちする。俺を支えるはずの仲間がこのザマだ。チャンスさえあれば俺にふさわしいパーティーメンバーに入れ替えるというのに……。今はこんなクソどもで我慢するしかないとはっ……！

そんな様子を見ながら、ワルダーク宰相は大きく嘆息すると、

「ならば、やはりこれはチャンスではないのかね？」

「は？　チャンス？」

「御前試合をしてもらおうとしたのは、王国指定勇者である君たちの評価を上げるためだ。勇者は我が国の希望なのだからな。今、冒険者の間で英雄と名高いアリアケを倒せば、勇者としての君の

強さに疑いを持つ者はいなくなるだろう。確かにラクスミーの資源を破壊しつくしてしまったことは失態だっただろうが、『あまりにも強すぎたため』という話であれば、人々の受け止め方も違ってくるはずだ」

どうかね、と宰相は言った。

「もう石を投げられない？」

「人殺しだと罵られたりもしないのか？」

ざわ……ざわ……。

パーティーメンバーがざわついている。

俺は……。

俺はそんな勝つとか負けるとかどうでもよかった。

最近は確かに少し調子が悪くて、いくつかの些細な失敗をした。

それによって一部では人殺しやら、犯罪者などと、心ない国民から陰口を叩かれることもある。

だが、それは俺が真の英雄だからこそ起こる誤解であり、有名税のようなものだと完全に割り切っている。

だから、アリアケを倒すことはかつての栄光を取り戻したいからとか、そんな我欲のためでは決してない。

そう、アリアケがズルをしているからだ。

恐らく奴は自分で街を守ったという噂《うわさ》を流した。勇者パーティーを追放された逆恨みで、追放した勇者が間違っていたという風潮を作り、俺の邪魔をしようとしているのだ。

ならば、そう、これは正義の戦いということになる！

俺は絶対に勝つ。恐らく勝負にすらならないだろう。だが、実力を思い知らせることも重要だ。あいつのいつもクールで余裕たっぷりの表情を、いつか悔しさでいっぱいにしてやりたいと思ってたんだ！

私情を排して戦う！　これは絶好の機会だ！

そして愚かな国民どもが手の平を返したように俺様をたたえる！　かつての光景が戻ってくるんだ！

ぎひ、ぎひひひひ。

「分かった。その依頼、受けてやろう」

「そうか、宜《よろ》しく頼むぞ。ああ、それともう一つ、依頼がある。しばらく人を一人そなたに預ける。弟子として育成してくれぬか？」

「は？　弟子？」

急な話に、俺はポカンとする。

「入ってこい」

ガチャリとドアが開き、一人の人間が入ってきた。

「は、初めまして！　ボ、ボクはラッカライと言います。宜しくお願いします！」

　そいつは目鼻立ちのはっきりした、中性的な雰囲気のする気弱そうな少年《ガキ》であった。黒髪、黒目がちで整った顔立ちをしているが、どこか怯《おび》えるような目つきだ。少年だけあって声は女性のように高い。

（はぁ〜〜!?　な一んでこの勇者である俺が、こんなガキを弟子にして面倒なんか見なくちゃいけねえんだよ、面倒くせえ！　女だったらまだしも……！　しかも、こーんなウジウジしたガキなんてボコりたくなっちまうぜぇ）

　知らず知らずのうちに渋面を作ってしまう。

　それを見た宰相が、

「言い忘れていた。この者は《聖槍《せいそう》ブリューナク》の使い手に選ばれたのだ。だから聖剣の勇者であるビビア、お前に育ててもらいたいと思ったのだ。今のところ槍《やり》の腕は凡庸だが、聖剣の使い手が鍛えれば、お前を超えるほどの潜在能力を発揮するかもしれぬ」

「は？」

　俺はポカンとする。

　いかにも気弱そうでビクビクと人をうかがうような、ムカつく目をしていやがる。面がいいのも気に食わない。見ようによっては女にすら見える。

　なのに、聖槍ブリューナクの使い手？

「は？」

　俺は聖剣の使い手だ。

だからこそ王国指定勇者になった。

聖剣は特別だ。

聖槍ごときとは違う。

なぜならば、聖剣は世界を救う者が持つ剣と言われていて、伝説でも最高の代物だが、聖槍はただ単に結界を切り裂く力に特化した、ちょっとばかり特徴的な槍に過ぎねえからだ。

なのに、宰相はなんつった？

『お前を超えるほどの潜在能力を発揮する』

だとぅ!!

俺はあまりに理不尽な仕打ちに義憤に駆られたのであった。

「い、いいぜぇ……。面倒見てやるよぉ」

「ほ、本当ですかっ！　ありがとうございます、勇者さ……」

「とりあえず飲み物持ってきてくれっか？　あ？」

「へっ？」

俺の言葉にラッカライがポカンとした表情をした。

「弟子つったら、お茶くみだろうが！　このノロマがぁ！　さっさと行け！」

「ひっ……！　は、はい！　す、すみません。勇者様！」

慌ててドアを開けて、どこかへと駆け出していった。

どたーん！

おっと、慌てすぎてこけたらしいな。

（くくく、いい気味だ。くひひひいいい）

「あの、勇者様、まだ小さな子に対して、今のまさにイジメのような仕打ちはなんでしょうか？」

俺が愉悦に浸っていると、ローレライが冷えた口調で言った。

「へ、へへへ。イジメなわけねえだろうがよ。鍛えてやりたい一心ってやつさぁ」

「全然信じられません！　皆さんも何か言ってください！　勇者様が間違っていたら正すのも仲間の務めでしょう!?」

するとｒ
「まあ、確かにあのラッカライって子、あまり強そうじゃなかったわねえ。いざとなったら盾がわりくらいにはなるかしらねえ？」

デリアが爪をいじりながら言った。

「……え？」

「いやいや、盾にも『才能』が必要だからなぁ。そう俺のようにたくましい肉体がなければダメだ。ある意味、俺の方が聖槍の使い手よりも格上ということだなぁ」

エルガーが続いた。

そして、プララも、

「魔法の的になってもらおうかなぁ。聖槍があるんだったら、防げるっしょ？　てか、特別な才能があるとか言われてる奴ホントむかつくんだよね〜♫」

「ぐす……。ダ、ダメだ……」

ローレライが天を仰いだ。

「この人たち全員、同類なんだ……。どうして私はこんなところにいるのでしょうか……。どこで道を踏み外したのでしょうか……」

そう地獄よりも深い絶望の声を上げたのである。

正直、彼女が何に参っているのか、よく分からないが。

「あ、あの、ジュース持ってきました」

と、パシら……いや、お茶くみに行っていたラッカライが持って戻ってきた。

「よしよし、へへへ。ぐびぐび。かぁ、人に運ばせた果実汁《ジュース》はうめえぜ。んん〜、よ〜し、んじゃまぁ、とりあえず『海洋都市ベルタ』に向かいがてら、修行をつけてやるとするかぁ！」

「お、お願いします！」

（へっへっへっ。まぁ修行についてこられたらなぁ。散々しごくだけしごいて、「才能ねえわ」って言って放り出しちまうかぁ。きひひ）

2、ラッカライ修行編

「いよーし！　特訓始めっぞ、おら！」

「よ、宜《よろ》しくお願いします!!　ボク頑張ります！」

聖剣の勇者である俺の言葉に、聖槍《せいそう》とかいうヘボ伝説武器の所有者ラッカライが頷《うなず》いた。

今、俺たち勇者パーティーは、アリアケとの決闘のため海洋都市『ベルタ』へ馬車で移動中であった。現在は休憩時間であり、ワルダーク宰相の依頼通り、ラッカライに稽古をつけてやろうとしていた。

「おら、どっからでもいいからかかってこいや！」

「は、はい！　ええーい!!」

聖槍ブリューナクを使い、ラッカライは全力でかかってくる。

突き、払い、それらを組み合わせたコンビネーションを必死に繰り出してくる。

が、

(ぎ、ぎひひひ)

俺は嘲笑をこらえながら、聖剣で楽勝にいなし続けていた。

（まじでコイツ才能ねえよおおお！）

槍《やり》は遅《おせ》えし、フェイントも何もねえ！　動きが正直すぎて相手に次の行動が丸分かりじゃねえか。

これならゴブリンの方がまだマシなくらいだぜえ！

俺ははるかに格下の相手の槍を悠々といなしながら、内心で嘲笑《あざわら》う。

「なんだか勇者様……。もしかして、ラッカライさんをいじめて内心楽しんでいませんか？　もし、そうだとしたら最低ですよ？」

おおっと、ローレライになんだか誤解されてるみてえだな。

よし、そこまで言うんならっ……！

「おらぁ！」

「あう!?」

俺の突然の聖剣によるハードアタック《強撃》によって、ラッカライが簡単に吹っ飛んだ。

くあああ、いい感じに吹っ飛びやがったなぁ。俺は内心でほくそ笑みながら唇を歪《ゆが》めた。

「ラッカライさんにかかってこいって言っておいて、いきなり攻撃するなんて……。本当のクズでしょうか……」

「勇者失格では？」

ローレライとバシュータが何やら言っているが、ガキを吹っ飛ばした快感に酔いしれてよく聞こえなかった。

「おいおい、隙だらけだったぜぇ？　確かに俺はかかってこいとは言ったけどよぉ、俺からは仕掛けないなんて一言も言ってないんだよなぁ？　そういう油断こそが戦場では一番危険ってことさ。俺はそれをテメェに伝えたかったたってわけだ」

つっても、多分聞こえちゃいねえだろうがなぁ。何せ、結構本気のハード《強》アタック《撃》を放ったからなぁ。急所に命中したろうしなぁ！　しばらくは立ち上がることすら……。

「ご、ご指導ありがとうございます。まだまだ大丈夫です。もう一度お願いします！」

「……は？」

あれ？

なんで平気なんだ？

俺は割とマジで……世間の厳しさを思い知らせるために、師の役割として、ガチハード《強》アタック《撃》を決めてやったはずだ。

「……へ、へへへ、運がよかったみてえだな。お望みとあらば喰らわせてやるぜえ！　もう一度だあ！　ハード《強》アタック《撃》ゥゥゥウ」

ドゴオオオ！

命中して、ラッカライが再び吹っ飛んだ。

しかし、

「ふ、ふう。今のは危なかったです。もう少しで急所でした。なんとか外せましたね」

「…………は？」

なんだよ、その反応は。

確実に当たっているのに、まるでダメージがないような仕草は。

それじゃあ、まるで……。

（まるで俺の方がいなされてるみたいじゃねえかあああぁ！）

ギリギリと歯噛《はが》みする。

と、その時、

「どうしたんだ、勇者、調子が悪いのか？」

「ふふふ、手加減しすぎては訓練になりませんわよ」

「そうだよ、早くぶちのめしちゃってよ！」

エルガー、デリア、プララが声を上げた。

俺は思わず、

「う、うるせえぞ、てめえらぁ！」

そう怒鳴り返してしまう。

「そ、そんな風に言わなくてもよいではないか……。お、大人げのない……」

「そ、そうですわ。確かに指導に口を出して悪かったかもですが……」

「ただの冗談じゃん。あはは……マジになんないでよ……」

引いた様子で、仲間たちが言った。

このクソどもが！　い、いや、こんな奴らのことはどうでもいい！

屈辱を与えたこと、絶対に後悔させてやるぞ、ラッカライ！

「なら、これを食らいやがれえええ！　勇者最終奥義の一つ！　究極的終局乱舞《ロンドミア・ワルツ》だあああ！」

聖剣が躍るように連続で相手に攻撃を加えるという最強スキルの一つだ！

「う、うわぁあああ!?」


「ぎゃーっはっはっはっは！」


「ゆ、勇者様、やりすぎですわ!?」

デリアたちが悲鳴を上げた。

「ああん？　うるせえなぁ。さすがに殺すまではしてねえよ」

ま、ちょっとムカついたから、若干本気でボコっちまったけどなぁ。

ま、これで俺との実力の差ってもんが分かっただろ。

俺の剣さばきについてこられる奴は一人もいねえ！

と、倒れたままラッカライが、

「はぁ、はぁ……。凄《すご》い攻撃でした。さすが勇者様です」

そう尊敬の言葉を口にする。

「く、くははは！　そうだろうそうだろう！　ま、俺が本気になったら、太刀筋を見ることすらかなわな……」

「斜め上から振り下ろしたと思ったら、その反動を利用して下からの跳ね上げ。かと思えば、重力に逆らわない切り落とし。とても理にかなった動きでした。あと、素早く移動される時に足運びに特徴がありますよね」

ラッカライはそう言いながら、

「目で追うのがやっとですよ。あまりの速さに体がついていきませんでした」

そうニコリと微笑《ほほえ》んだのである。

「…………は？」

俺は一瞬何を言われたのか分からなかった。

なぜならコイツは言ったのだ。

『目で追うのがやっと』だったと。

しかも、俺自身が気づいていなかった体を動かす時のクセまで見えていた、と言ったのである。

ならば、もしラッカライ自身の体さえ素早く動けば、俺の攻撃を防げたと言っているようなものなのだ。

……いや。

いやいやいやいやいや！

「見えてるわけねえ！」

「へ？　あの、勇者様？」

ラッカライはポカンとしている。

だが、この純朴そうな表情こそが、こいつの一番の刃だ。

そうだ、この嘘《うそ》つきめ！

あたかも、俺の攻撃が見えていたと思わせておいて、聖剣の勇者たる俺をたばかり、動揺させて倒そうって魂胆だろう。

嘘をつかなきゃ、俺とまともに戦うことすらできねえ可哀《かわい》そうな野郎ってわけだ！

俺は相手の言うことが嘘だと理解して、やっと落ち着いてきた。

「ぜぇ……ぜぇ……」

だが、あまりの興奮に息が切れて疲労の色が濃くなる。

「俺はもう休むぞ！　次はデリアたちが相手をしてやれ！　ふん!!」

不快感のあまり俺は適当な場所で、ふて寝するのであった。


俺は横になりながら、ローレライに回復魔法を施してもらったラッカライの修行風景を見学していた。

ああ、さっきの修行を思い出しただけで、また腹立たしくなってきた。

俺の超必殺技である究極的終局乱舞《ロンドミア・ワルツ》でさえも大して驚かなかったことも、その後笑っていやがったことも、腸《はらわた》が煮えくり返るほど悔しい！　なんで俺がこんな思いをしなくちゃならねえ！

……ああ、そうだ、そうだよな。

なぜ聖剣の使い手である優れた俺様が、ヘボ聖槍に遠慮する必要がある。

しかも俺は王国指定勇者。特権階級の人間なんだ。

やはり、ラッカライは俺のパーティーにはふさわしくない。

ならば、

「おい、デリア、プララ、エルガー！　いっちょ揉《も》んでやれ！　そして、ラッカライ、お前程度の力じゃぁ、いくら俺たちが稽古をつけてやっても無駄だ！　お前の実力をこれから見極めて、場合によってはこの勇者パーティーから追放する！」

「「「了解！」」」

デリアたちの声とともに、

「そっ、そんなっ⁉」

ラッカライがショックを受けた顔をする。

ひ、ひっひっひ。その顔‼　そうだ、その表情が見たかった！

俺は内心で笑う。

それに、追放によってラッカライは、

『勇者パーティーを追放された、ヘボ聖槍の使い手ラッカライ』

そう言われ、侮蔑される未来が待っているのだ。

俺はそんな考えを浮かべると、激しく唇を歪めたのであった。

～デリア視点～

「了解！」

私は勇者の言葉に軽快に応じながら、内心で忙《せわ》しく思考を巡らせる。

先ほどの勇者の修行風景を見て私は少し驚いていた。

なぜなら、ラッカライが勇者ビビアの放った必殺技の一つ、聖剣所有者が持つユニーク・スキル『究極的終局乱舞《ロンドミア・ワルツ》』を受けながらも、その一つ一つの剣筋をしっかりと把握していたからよ。

勇者の攻撃は速くて鋭い。

その攻撃を、体がついていかないまでも、見えていたとするならば、しっかりと育てれば『勇者にはない部分』をカバーできる人材に育つ才能があると思ったのだ。

というのは、勇者ビビアには戦闘時に熱くなりすぎて冷静さを失い、突出気味になるという欠点があるからなのよね。

私たちパーティーはそんな勇者の行動に合わせながら、全体としてフォローしつつ戦闘行動をすることになっているの。

でも、ラッカライの戦闘スタイルは真逆に見えたわ。

攻撃はヘボかったけど、防御という点については、いいものを持っている気がするのよね。

それこそ、熱くなりすぎる戦士として致命的な欠点を持つ勇者をフォローしつつ、その背中を守れるような。

　だからこそ。

(だからこそ、早急に追放せねばなりませんわねっ……！)

　私は焦燥感から乾いた唇をなめた。

　私たちは全員寒村の出身だ。けれど勇者パーティーの一員という肩書のおかげで、周りの人間が頭を下げてくれる。

　宝石もいっぱい買えるし、お金ももうかるし、称賛の声を浴びられて気持ちがいい！

　そして、私の勇者パーティーにおける地位。勇者ビビアの補佐、№2として助言する有能な秘書的ポジション！　リーダーに不向きな勇者だからこそ必要なこのポジション！

　この美味《おい》しい地位を、あのラッカライなんていうポッと出に渡すわけには断じていかない。

　最近はちょっとパーティーの評判が落ちてるけど、きっと復活できるはず！

(だから、ごめんなさいね、ラッカライ君。私の揺るがぬ栄達のために(社会的に)死んでちょうだい)

～プララ視点～

「了解！」

あたしは返事をしながら、頭を激しく回転させていた。

ラッカライの魔法力は正直言ってヘボい。

あの魔力じゃあ、身体強化に回せる魔力量に限界があるから、攻撃にスピードや威力が乗んないし、防御だって機敏にできないに決まってんじゃん。

(でも……)

あたしはこっそりと、寝そべる勇者を見て正直に思う。

(勇者とは違って、魔力コントロールはできてんだよね～)

勇者の魔力量は戦士タイプとしては凄くて、その膨大な魔力を身体強化とかに使ってる。

だから威力のある攻撃とか、素早い攻撃ができるってわけ。

ただ、魔法使いのあたしから言うと、あの魔力量で、その程度？　という気はいつもしてんだよね～。

勇者のは、言ってみれば、大量の水があるから、それをジャブジャブ使いまくって強さを水増ししてる、ズルの強さって感じ？

でもラッカライは真逆。

あいつは魔力量が足んないから、逆に勇者が全然持ってない技術で補ってんの。

だから、あそこまでの戦闘を勇者と繰り広げることができたってわけ。

どっちが魔力的な意味で才能があるか言うまでもないっしょ。

そういう意味では、ラッカライがこのパーティーにいることで、勇者は成長できるかもしんないんだよね。

同じ聖武器の戦士だし、やっぱり魔力の使い方なんて、言われるより、目の前で見た方がイメージしやすいっしょ。勇者みたいなヘボでも魔力コントロールを覚えられっかもしんない。そしたら、パーティーの力はグッと上がるかも。

だからあたしは、

(さっさと追い出さないとやべえかもっ……!)

焦燥感から、思わず綺麗《きれい》に整えたネイルを噛んじゃう。

あたしがこの勇者パーティーにいるのは、単に後ろの方で楽ができるからだ。弱い敵を後ろから魔法ぶっ放して倒すのが快感だからってわけ。

だって、面倒なのは嫌じゃん?

怪我《けが》するのも最悪っしょ?

だから魔法使いになったし、しかも勇者パーティーは前衛が強かったから、めっちゃ楽させてもらってたわけ。ネイルも傷まないし(笑)。

だから、あたしの今の『パーティーで最も優れた魔法の使い手』っていうポジションを、少しでも脅かす奴は即刻排除しないとっ……!

魔力コントロールはまださすがにあたしの方が上だけど、あいつは聖槍の使い手っていう、めっちゃムカつく才能持ち。考えすぎかもだけど、万が一にもあたしを追い越す可能性もあるってわけ!

それに、もしラッカライがいるせいで勇者が成長しちゃったら、あたしも努力して同じくらい強くなんなくちゃいけないっしょ？

それは楽じゃないし、嫌じゃん？

だからあたしは決意する。

全力でラッカライを勇者パーティーから追放しよう、って。

～エルガー視点～

「了解！」

俺は勇者の言葉に返事をしながら、目の前の少年ラッカライを見る。

正直言って、圧倒的に筋肉が足りない。その体はまるで少女のように華奢《きゃしゃ》だ。

（ただ、勇者のように攻撃偏重型ではないことは評価できるか）

勇者はどうしても熱くなるタイプで、周囲の見えない猪突猛進《ちょとつもうしん》的な、攻撃型の戦闘スタイルになってしまう。

そのせいで突出しがちであり、俺が助けなければ「あわや」ということも多い。

それに比べると、ラッカライは攻撃よりも防御の方が得意なようだった。

俺が鍛えれば、しっかりとした防御を視野に入れた、バランス型の戦士に成長することができるだろう。

また、その姿を見ることで、勇者も防御を意識し、足りない部分を補い成長できるかもしれない。

それはパーティー全体の戦力アップにつながるだろう。

（……だが、防御は筋肉でするものだ！　それに、防御のプロは俺一人でいい！）

このパーティーの防御の考え方は、基本的には『正面からの防御』であり、『回避』型のような、小細工を弄する筋肉のない卑怯者がする防御ではない！

もしも、ラッカライが成長し、回避型防御のプロになってしまったら、この勇者パーティーに悪しき防御スタイルを広めてしまうかもしれない。

それは、国の盾と称賛される俺のポジションを奪う可能性も否定できないっ……！

ならばそんな可能性は根本から排除する。それこそが正しい防御というものだっ……！

俺はそんな正しい防御思想に基づき、ラッカライに本気の攻撃を仕掛けたのである。

そして、偶然か否か、まったく同時にデリアやプララもラッカライへ攻撃を仕掛けたのである。

俺たちの息はピッタリだった。

（やはり、仲間だからか）

「きゃあああっ!?」

一方のラッカライはまるで少女のような悲鳴を上げた。

やはり俺の判断は正しかった！

こんな奴《軟弱者》のために、今の地位を失うわけにはいかない！

俺はなりふり構わずラッカライに攻撃を仕掛けたのである。
この少年《ラッカライ》を勇者パーティーから追放するために！

3、ラッカライは真の賢者と出会う

～ラッカライ視点～

ボクはあまりに才能がないと言われて、勇者パーティーを追放された。

今のボクはボロボロの状態だった。

精神的にも体力的にも、極限まで追い詰められていて、思わず涙がにじんでしまう。

手足には擦り傷が沢山できて、髪の毛も顔も泥だらけだ。聖槍《せいそう》を持つ手は震えている。息もあがっている。

でも、それだけならまだいい。だって、

「おい、そっちへ行ったぞ!!」

「どこに隠れやがった!!」

「へへへ、馬鹿な子供《ガキ》だぜぇ、俺たちのアジトの洞窟にまんまと足を踏み入れちまったんだからよお！　見られたからには、命はもちろん、あの立派そうな槍《やり》もありがたくもらってやるぜぇ！」

（ひぃっ……！）

ボクはブルブルと震えた。目の前に死の予感が迫っているのだ。

恐ろしい野盗がボクの命と、聖槍ブリューナクを狙っていた。

三十人……いや、もっといるかもしれない。

ボクという獲物をあぶり出すために山狩りの最中なのだ。ボクの命はまさに風前の灯《ともしび》だった。

「ううっ……えぐっ……」

だから思わず目に涙がにじんでしまう。体中が痛くて、心が折れそうで、知らないうちに嗚咽《おえつ》が漏れてしまう。

なんでこんなことになったのか？

でも、これは当然の結果なんだ。

本当にまったく、ボクには槍を扱う才能がなかったのだから。

そんなボクを聖槍が使い手に選んだ理由はいまだに分からないけれど……。

だから、そんな非力なボクが、この野盗たちの目をかいくぐって窮地を脱出するなんて、あまりにも無謀なチャレンジだと言うしかなかった。

そもそも、この山がどこの山なのか、天性の方向音痴なボクは知らないうちに迷い込んだため、帰り道も皆目見当がつかないのだ。

「どこだー！　ボウズー！　慣れない山で鬼ごっこなんてやめて、さっさと出てこいよー！　そうしたら、楽になれるぞー？　ぎゃーはっはっは」

野盗の下卑た笑い声が響く。

だけどボクは唇を噛《か》んで、その言葉に含まれた真実を認めるしかない。ボクは山に慣れていない。いや、そもそも槍……というか武器なんて、聖槍の使い手として選定されるまで、一度も握ったこともなかったのだから。

そんなボクが平地ならともかく、山のようなイレギュラーな地形で武器を振るうなんて、できるはずもなかった。

しかも、ここは相手のテリトリー。相手にはボクがどこにいるか、ある程度分かっているはずだ。ボクが助かる見込みなんて万に一つもなかった。

「でもボクは……」

……いいえ。

「でも、わ、た、し、は黙ってやられたりはしないっ……」

私は恐怖を抑え込むように歯を食いしばって、聖槍を胸に抱く。

槍の名門の一族として名高い武門ケルブルグ一族。その一族から聖槍の使い手が現れたことは喜ばしいことだった。

けれど、私は女性だった。末娘だった私は、当然槍など握ったこともない。

だから、ケルブルグの当主……私の父は、その日から私を男子として扱うようになった。

長くて絹のようだと言われていた黒髪をショートにし、言葉遣いも少年らしくした。普段着だったドレスは簡易甲冑《かっちゅう》となったのだ。

でも、そのこと自体は嫌ではなかった。一族の誇りを、末娘である私が担うことができるのだから。

一つ残念なのは……。

私は目をつむり、呼吸を整えながら思う。

(髪の毛を短くした私を、誰も女性だと見てはくれなかった)

それが少し残念だった。

別に男性に見られるのが嫌というわけではない。それは必要なことだった。

でも、髪を切ったくらいで、誰も本当の私を見てくれないんだ、という事実には、少し寂しい気がしていた。

(もし本当の私を見てくれるような人に会えたら……？)

私はどうするだろう？

嬉《うれ》しがるだろうか？　お礼を言うのだろうか？　それともよいお友達になれるだろうか？

誰にも触らせたことのない髪に、触れて欲しいと思ったりするのだろうか？

そんなことを考えているうちにも、絶体絶命の局面はすぐ目の前まで迫っていた。

「さあて～、残るはこっちだけかな～？」

「早く出ておいで～。そうすりゃ、せめて痛みを感じなくて済むぜ～？」

「ぎゃっはっはっはっは!!」

もう数メートルほどしか離れていない。

すぐ近くから、粗暴な野盗たちの荒々しい声が耳朶《じだ》を打つ。

せめて、一矢報いる。武門ケルブルグ一族の末席を汚す者として。

だが、せいぜいそこまでだろう。

私の槍の腕など大したことない。何せ弟子になって早々に、勇者パーティーを追放されるくらいなのだから。

勇者パーティーを追放される時、ローレライさんが貴重な回復魔法を使ってくれたけど、それもすぐに無駄になりそうだ。

「こ・こ・かぁ～？」

「はぁっ！」

不用意に近づいてきた野盗の一人に、私はとっさに槍を突き出す。

「ぎゃッ!?　こ、こいつ反撃してきやがったぞ!!」

「はっはっは!!　だっせえ！　喰らってやがる！」

「うっせーぞ！　くそ、許さねえぞ！　散々痛めつけた後に殺してやるからなぁ!!」

「くっ……！」

全然ダメだ！　肩を少し傷つけたくらいで、相手はぴんぴんしている。

「お前ら全員で囲め囲め！　んで一斉に斬りかかれ！　持ちもんは傷つけんじゃねーぞ！」

「分ぁってるよ！」

しかも、そこら中に散開していた野盗たちが包囲網を狭めてきた。

（やはり慣れているっ……！）

「そうらよぉ！」

「あうっ!?」

ガギン！　と私は後ろから斬りかかってきたいくつもの剣を槍で弾《はじ》く。でも、前や横からの剣は弾ききれず、せめて致命傷を避けるようにして攻撃を浅く受けた。それでも鮮血が飛び散って、お腹《なか》や腕から血が流れた。

「くっ……か……体……が……」

どうして？　傷は浅いはずなのに、体がうまく動かせなかった。

「おっ、もう効いてきやがったな。即効性の麻痺《まひ》毒さ。どうだ、これから身動きすらできず、死ぬ気持ちっていうのは～？　ぎゃーはっはっはっは！」

「くぅ……。ここ……まで……なの？」

知らない山の中で、野盗にいたぶられ殺されるのが私の運命なのか。

聖槍の使い手などと言われたけれど、その実態は才能などないただの小娘だ。

こうなることは当然だったのかもしれない。

私はそんな諦観とともに、せめて動く瞳をゆっくりと閉じた。

瞼《まぶた》の裏には屋敷の窓際で、風に揺れる私の長い黒髪を撫《な》でるお母様の姿が映っていた。

だが。

その時であった。

ドオオオオオオオオオオオオオオオオオオオオオン!!

そんな衝撃に驚いて目を開ければ、

「「「ぎゃあああああああああああああああああ!?」」」

今まさに私……ボクに剣を振り下ろそうとしていた野盗たち数人が思いっきり吹っ飛ばされる光景が目に飛び込んできた。

なんだ、何が起こったの?

それに……。

「ボクはどうして生きてるの?」

首を傾《かし》げる。

「無事か？　しかし、どうしてこんなところに女の子がいるんだ?」

と、そんな言葉に、
そう後ろから、一人の男の人が答えたのだった。

女の子?

その人はボクが唖然《あぜん》とした表情をしているのを見て、

「おっと、驚かせてしまったようだな。俺はアリアケ。アリアケ・ミハマ。君は誰だ？　それにどうしてここに？　ああ、いや、それより立てるか?」

男の人……アリアケさんはボクの手を取って、立ち上がらせてくれた。

なぜだろう。

その指先がひどく熱を持っているように思えた。

「大丈夫か？　黙っているが……どこかひどく痛むのか？」

「い、いえ！」

なぜだろう。労《ねぎら》われるのが無性に嬉しい。人に心配をさせて喜ぶようなボクではなかったはずなのに……。

それにどうしてだろう。昔のあの長い髪でないことが無性に残念な気がした。

「それで君の名前はなんだ？　どうしてこんなところに一人でいるんだ？」

「ラ、ラッカライです。その迷ってしまって……」

「そうか。ラッカライ。ま、詳しい事情は後で聞く。今はこの場を切り抜けなくてはな」

そう言って、マントの下から杖《つえ》を取り出した。

なぜだろう。

この人に名前を呼ばれると、ひどく胸が高鳴ってしまうのは。

これは一体、なんだろう？

そんな不思議な気持ちを必死に押し隠しながら、

「はい！　アリアケさん！」

私はそう返事をしたのだった。

「あれ？　そういえば、どうしてボク動けるの？」

アリアケさんの手を借りて立ち上がったボクは、今更ながらの事実に首を傾げた。

だって、さっきまで微動だにできなかったんだから。

でも今はこうやって普通に動けてる。

まるで、さっき麻痺毒を喰らったのが嘘《うそ》みたいだ。

「それならスキルで治しておいた」

「へ？　いつの間に？　というか、ボクが麻痺状態だっていつ知ったの!?」

「倒れてる少女がいればスキルで《状態異常確認》ぐらいするさ。それにどう見ても野盗に囲まれてたからな。自分に《攻撃力アップ》をかけて、邪魔な野盗どもを吹っ飛ばしつつ、君の麻痺を《解毒《げどく》》したというだけだ」

「そ、それって。三つのスキルの同時使用なんじゃっ……!?」

ボクは驚く。スキルを同時に使用するのは、それだけで類稀《たぐいまれ》なる才能なんだ。

それなのに、アリアケさんはいとも簡単にそれをやってのけたと言った。

しかも、それは余裕のある状態でのことじゃない。

敵が目の前にいて、ボクが倒れていて、そんな状況の中、一瞬でその判断をし、行動を取ったんだ。

それはとんでもないことだ。

スキルの同時使用ができたって、実際にその行動を成し遂げること自体が、とても常人には真似《まね》できない奇跡なんだ。

それをボクは理解した。

「凄《すご》い方なんですね、アリアケさん！」

ボクは思わず声を上げてしまう。

でもアリアケさんは、

「これくらい俺にとっては大したことじゃないさ」

そう言って謙遜する。

「まだまだ余裕があるんですね……。本当に凄いです！」

ボクは正直に思ったことを言った。

だけどアリアケさんにとっては本当に大したことじゃなかったみたいで、軽く肩をすくめたのだった。

「それよりも敵がおかんむりだぞ」

アリアケさんは苦笑しながら注意を促す。

「野郎っ……！　ぶっ殺してやる!!」

「変な術使いやがって！」

「へ、へへへ！　だがこの数に勝てるわけねえ！　ズタボロに切り刻んでやるからなぁ！」

野盗たちは一様に獣のごとく吠《ほ》えたて、激高していた。

「くっ!?」

ボクは歯噛みしながら、聖槍を構える。

野盗たちの言う通り、相手の数はボクたちの五十倍以上なのだ。

しかも地の利は向こうにある。

窮地であることには変わりない。

死の影は目前から過ぎ去ってなんていないいんだ！

ボクの頬を冷や汗がツーッと垂れた。

でも、

「弱い犬ほどよく吠えるというが、お前たちは、犬のように鼻はきかないようだな」

アリアケさんはなんの恐怖も……いいえ、緊張すらも感じさせない様子で野盗たちに言った。

「今、どれほど強大な相手と敵対してしまっているのか。犬ならば逃げるか腹くらいは見せているだろう。お前らはそれ以下だ。犬畜生にも劣る塵芥《ちりあくた》のようなものだな」

そう言うと、フッと笑ったのだった。

「こ、これだけの数の敵を前に……なんていう胆力なの……」

ボクは舌を巻く。

この人は本当に凄い人なんだ。敵がどれだけいようと決してひるまない。

その姿はまるで英雄のよう。

きっとこの人なら、魔王にだって恐れず立ち向かうだろう。

こんな状況なのに、アリアケさんのせいなのか、呑気《のんき》にそんな感想すら抱いてしまう。

（そうだ。こういう人こそが、ボクの想像していた勇者パーティーのメンバーなんだっ……！）

ボクは久しぶりに、そんな気持ちを思い出していた。

ボクは、憧れていた勇者パーティーの弟子になれると聞いて、最初は喜んでいた。

ボクのようなヘボ槍使いでも、勇者パーティーの弟子になって、少しでも世の中の役に立てればと思ったんだ。

……でも、その気持ちはすぐになくなってしまった。

元々、深窓の令嬢のような生活をしていたから、世情に疎くて、どういった人が勇者パーティーに所属しているのか、そういった詳細はまったく知らなかったんだ。

正直、勇者様たちは思っていたような方たちではなかった……。

彼らは口を開けば他人の悪口を言っていたし、特に向上心なんかもないようだった。

それなのに、大きな口をきいていた。

旅の道中で人が襲われていても見て見ぬふりをしようとしていたし、それをローレライさんに叱《しか》られて渋々戦っていたっけ……。

まさに、アリアケさんとは対極の人たちだったんだ。

だから、ボクの気持ちは急速にしぼんでいった。勇者パーティーに憧れていた自分を恥じるようになるくらいに。

(でも、アリアケさんのおかげで、久しぶりに、あの気持ちを思い出すことができた！)

あんな勇者パーティーに憧れたのは恥ずかしいことだったかもしれないけど、アリアケさんみたいな真の英雄と一緒に世界を旅をして、人の役に立ちたいっていう気持ちは正しいことだったんだって。

そのことを思い出せてくれたんだ。

ああ、もしこの人が勇者パーティーのメンバーだったりしたら、ボクは絶対に追放されないように、最後まで頑張ったのに……。そんなありもしない空想をしてしまう。

この人とずっと一緒にいて、色々教えてもらいながら、世界を救う旅ができたらどれほど私《ボク》は幸せだろうなんて……。

それは勇者パーティーに一時的に滞在していた時には、決して抱くことのなかった気持ちだった。

だが、そんなことを思っていると、野盗たちが更に激高して叫び声を上げた。

「ええい、もう我慢ならねえ！」

「どっちが塵芥なのかすぐに分からせてやらぁあああああああ!!」

「死ねぇえええええええええええええええ!!」

一斉に襲い掛かってきた！

でも、アリアケさんは落ち着いた様子で、

「《防御貫通》」

「《回避付与》」

「《スピード強化》」

「《攻撃力アップ》」

「《身体強化付与》」

そうスキルを詠唱する。

「ご、五重スキルっ……!?」

ボクは一体何を見せられているんだろう。ありえないレベルの戦闘をアリアケさんは平気な顔で繰り広げる。

野盗たちは、

「ち、ちくしょう、攻撃が当たらねえぞぉおお!?」

「そ、それにどうしてだぁ!? 防具の上からでも痛え! 痛えよぉ!!」

「くそったれがあああああ! なんでこんな優男が、こんなに強ええんだよおおお!? ぎゃあああああああああああああああああ!?」

断末魔の叫びが間断なく山にこだました。

「ほ、本当に凄い。もう十人以上を吹っ飛ばした。そ、それに一瞬で何発も攻撃を加えてるっ……!」

ボクはその戦いのレベルに驚愕《きょうがく》するしかない。

だけど、それがいけなかった。

そんな無防備な人間がいれば、野盗のような下卑た人たちが考えることは決まっている。

「おい、そこのガキぃ! おとなしくしなぁ! 人質になってもらうぜえ! げへへへへへへへ!

おい、優男ぉ！　てめえ、一歩でも動いてみやがれえ！　そんときゃあ、このガキのきれーな顔が無茶苦茶になっちまうぜえ！」

そう言って、ボクにナイフを突きつけてきたのだった。

……だけど、アリアケさんはポカンとした表情で、

「何を言っているんだ。なあ、ラッカライ？」

そう言いながら首を傾げると、

「そいつらくらい、君なら簡単に倒せるだろう？」

あっさりとそう言ったのだった。

「えっ⁉　ど、どうしてそう思うんですか？　ボクは戦いなんてからっきしダメで……」

倒せる？　ボクが、この凶悪な野盗たちを？　無理だ。だって、ボクには才能なんてない。だから勇者パーティーを追放されたんだから。

でも、アリアケさんは優しげに微笑《ほほえ》むと、

「だって俺の攻撃が視《み》えていたんだろう？『一瞬で何発も攻撃を加えてる』って言っていたじゃないか。いや、大したものだ。それほどの目を持っているなら、野盗どもの攻撃なんて止まっているようなものじゃないのか？」

「止まっ……て？」

ボクはその言葉に驚く。

ボクは自分のことを何もできない無能な人間だと思っていた。

だから、なんの力もないと確信していた。

勇者パーティーでもまったく評価されなかった力だ。

それなのに、アリアケさんは会ってほんの数分で、ボクのことをちゃんと理解して、言い当ててくれたんだ。

そうだ。

恐怖で震えていて。

死の予感に怯《おび》えて。

目の前が真っ暗だったせいでよく見えていなかった。

誰も言ってくれなかったし、誰にも分かってもらえなかった。

だけど、アリアケさんは分かってくれたんだ。ボクにすら見えていなかった、ボクの力を見抜いてくれた。

「攻撃が得意じゃないなら、しなくてもいい。防御や回避をした際に、相手の動線上に武器を添えるようなイメージで動いてみろ。そうすれば自分はほとんど動かず、勝手に武器が相手に当たるから」

しかも、ボクに合った戦い方までっ……！

「凄い、さすが、先生……」

「先生？」

「あっ、つ、ついっ……」

思わず口から出てしまった。アリアケさんはポカンとしている。

(で、でも)

私は思う。

これが、何かを教わるってことなんだ。勇者パーティーでは一度も抱かなかった感覚。真に優れた教師に何かを習うっていう、そんなとてつもない充実感……。

するとアリアケさんの教えに基づいて、ボクは落ち着いて周囲を見渡す。

すると、野盗たちの剣は面白いほど単純な軌跡を描いていた。

「こんなものに、当たるはず、ない」

ボクはその剣筋を軽く槍の穂でいなすと、その勢いを殺さずに野盗の体へぶつける。

「うっぎゃあああああああああああああああああああ!?」

大きな悲鳴が轟《とどろ》いた。

「な、なんなんだよこいつら……」

「に、逃げろ!!」

「う、うわあああああああああ」

ボクのやったことと、何よりアリアケさんのあまりの凄さに野盗たちは総崩れになった。

あとは掃討戦だった。

逃げ惑う野盗たちを、アリアケさんは見事な手際で迅速に捕まえていった。

こうして、百人以上いた野盗集団は、アリアケさんというたった一人の英雄に一網打尽にされたのだった。

(まったく、詩人が詠《うた》っても、夢みたいな話だと笑われるかもしれない光景だね)

あまりの凄さに苦笑してしまう。

でも、決して夢じゃない。

ボクは呑気に目の前を歩くアリアケさんの背中を見て思う。

(この人こそ、私《ボク》の英雄様……。先生……)

叶うならば、この人に一緒に旅をして、色んなことを教わりたい。

そんな思いを強く抱いたのだった。


「そうだったのか。まさか君も俺と同じで、勇者パーティーを追放された身だったとはなぁ」

テーブルの向こうのアリアケさんは朗らかに言った。

今ボクたちは山のふもとの村にいた。ここは小さなお店《カフェ》。

アリアケさんはコレットさんと言う方と一緒に旅をされているそうだけど、その方は『本当の羽休め』とやらで、どこかの山で現在羽を伸ばされているとのこと。

その関係でアリアケさんもあの山に偶々《たまたま》いたのだそうだ。

よく分からないけど、そのコレットさんがボクの命の恩人と言ってもいいのかもしれない。

「は、はい。とはいっても、ボクは『無能』で『取柄がない』から追放されたんです。アリアケさんみたいな凄い人とは全然違います」

あの山でアリアケさんに助けてもらって、とうとう自分がついていくべき人を見つけたと舞い上がった。

絶対に弟子にしてもらおう！　って。

(でも、よく考えたらボクなんかを弟子にしてくれるわけないよね……)

だって、

「アリアケさんみたいな有能な方を追放する理由は理解不能ですが……。でも、ボクみたいな人間を勇者パーティーから追放する理由は無能っていうだけで十分です。勇者様たちからも散々、無能だ、使えない奴って、何度もはっきり言われましたから」

言っていて、とても悲しい気持ちになってきた。

とてもじゃないけど、こんな無能なボクが、アリアケさんに弟子入りしたいなんて言い出せるはずもない。

弟子になって、ずっと一緒にいたい。だけど、だからこそボクみたいな無能がそんなことを言い出す資格なんてない。そう痛感する。

けれど、なぜかボクの言葉にアリアケさんはキョトンとした表情を浮かべる。

そして、

「ラッカライ。君のどこが無能なんだ？」

そう言って首を傾げたんだ。

「えっ？」

ボクは反対に、そんな反応が返ってくるとは思わず、驚いてしまう。

「ボ、ボクが無能なのは、あの山で散々御覧になったじゃないですかっ……！」

思わず声を上げてしまう。

「ろくに槍を振るうこともできず、野盗に囲まれていいようにやられてしまいました。アリアケさんのアドバイスでなんとか一人は撃退しましたけど……。だけど、それも偶々です。ろくな攻撃手段も持たない無能者であることに変わりはないんですからっ……！」

ポロリ、と。ボクの瞳から滴が落ちた。

本当に恥ずかしい。

自分の無能さを訴える恥ずかしさで、涙までこぼしてしまうなんて。

何より、こんなことを言ってアリアケさんに嫌われてしまうんじゃないかって。

それが一番怖かった。

こういう時だけ私は女の子に戻ってしまう。

でも、

「まず、君は逃げなかった」

「へ？」

突然、アリアケさんは言った。ボクにはなんのことか分からない。

「戦士の資質には逃げないことがある。決して仲間を裏切らないということだ。君は野盗たちに囲まれた時に、俺を置いて逃げようとは一切しなかった。命の危険があるあの状況で、まったくその素振りを見せなかった」

「そ、そんなことは当然です……」

ケルブルグ家の者として、何があろうと、仲間を見捨てたりなんかしない！

けど、アリアケさんは優しく微笑むと、

「ラッカライ。それは当たり前のことではないんだ」

そう言って私《ボク》の頭に手を置いた。

「それはまさに戦士としての前提であり、また究極の『資質』だ。決して裏切らない仲間にしか、背中を安心して任せることはできないのだから。これは本当に大切なことなんだぞ？　ラッカライ。お前もパーティーを組めば、そのことが分かる」

ボクは最初、アリアケさんの言葉の意味が分からなかった。

でも、なぜか息ができなかった。心臓が早鐘を打っている。

そして、先ほどと同じで、知らないうちに涙がこぼれていた。

でも、それはさっきの羞恥心からのものではない。

ボクは初めて人から戦士として認められたんだ。

聖槍に選ばれてからずっと独りぼっちだったボクに、アリアケさんは背中を守らせられる仲間の資質があると言ってくれたんだ。

そのことにボクは息が止まるほど、感動していたのだった。

本当に。本当にアリアケさんは凄い。

野盗からだけじゃなくて、ボクの心まで救ってくれた。

「あ、ありがとうございます。アリアケさん……うっ……ひっく……」

思わず嗚咽を漏らしてしまう。

その間もアリアケさんは大きな手で私《ボク》の頭を撫でてくれていた。

……ああ、この手だ、と思う。

この大きな手に包まれていると、とても安心する。

気持ちが温かくなって、絶対に離れたくなくなってしまうのだ。心臓が早鐘を打って、何も考えられなくなってしまう。

「ただまあ、本来ならエルガーがこのことを言えなければならないんだがな……」

ボクの頭を撫でながら、アリアケさんは呆《あき》れたように言った。

「防御力を誇るのもいいが、戦士の真の役割は……本当に大切なのは仲間の絆《きずな》を守ることなんだと、何度も教えたのだがなぁ。はぁ～」

「どういうことですか？」

「防御の要《かなめ》たる戦士《タンク》の真の役割とはな、パーティーの精神的支柱であることなんだ。パーティーが窮地に陥った時でも、戦士が踏ん張り、皆を叱咤《しった》激励することで、体力的にも精神的にも持ちこたえさせる。最終的なパーティー崩壊を踏みとどまらせる。それこそが真に求められる役割なんだ。防御力が強いだの、ガタイがいいだのは、駆け出しの戦士《タンク》が言うことだ。もし、そんなことをいまだに言っていたら、本当に何も学べていないということになるのだが……」

「……いえ、エルガーさんはずっと防御力がどうこう、筋肉がどうこうって、おっしゃっていましたが……？」

「はぁ～……。成長していないな、あの馬鹿は……」

アリアケさんが更に深いため息をついた。

あの勇者パーティーのことだ。とてもご苦労されていたんだろう。

何より、アリアケさんの教えを受けながら成長できなかったエルガーさんのことを、とても可哀《かわい》そうに思うのだった。

でも、とにかくアリアケさんのおかげで、ボクの心に巣食っていた悲しい気持ちや孤独感が癒された。

だから、ボクは改めて心からお礼を言う。

「本当にありがとうございましたアリアケさん。ボクにも誇れる才能があるってことを見つけてくださって！」

そう言って、久しぶりに心から微笑む。

だけど、アリアケさんは少し苦笑いを浮かべると、

「おいおい、俺は言っただろう。『まず、君は逃げなかった』と。ラッカライ、君にはまだまだ沢

山の才能がある」

　そう断言するように言ったのだった。

　さすがに、ボクは慌てて首を横に振り、

「えっ!?　そ、そんな……。さすがにボクにそんなに沢山別の才能があるわけないですよ!?」

　そう言って否定する。

　でも、

「いや、あるある。……が、とはいえ、これは実際にやってみて、自分で体感してもらった方が早いだろうな」

「へ？」

　体感？

　アリアケさんは言ってから、飲んでいたコップをことりとテーブルに戻すと、

「ラッカライ。君さえよければ、少し特訓してやろう。今から、どうだ？」

　そう言って外に視線を向ける。

「え？　え？」

　突然のことだった。

　あまりの早い展開に完全には頭がついていってない。

　でも、

（だけど、嬉しい……）

ボクは喜ぶ。

まるで本当に弟子入りしたみたいだったから。

ボクははやる気持ちを抑えるようにしながら頷《うなず》くと、アリアケさんの背中を追いかけるようにしてお店《カフェ》を出たのだった。

～アリアケ視点～

俺とコレットは海洋都市『ベルタ』に向かっていた。

当初はオールティの街を目指し、海を渡るために寄る予定だった。

しかし、王都から突然使者が寄越され、勇者パーティーとの『御前試合』の依頼があったのだ。

試合は二対二で行われる。

なんでも、王族や大衆たちの前で戦うことで、民の心を慰撫《いぶ》し、また魔族へ対抗する士気を高めることが目的らしい。

俺自身は世俗からは引退した身であるし、もはや王族や大衆たちが自分たちの力で未来を切り開いていくことを期待する立場だ。

ただ、

（ふっ）

つい頬が緩む。俺もまだまだ、だ。

俺から巣立った頼りないアイツら《勇者パーティー》がどれほど成長したのか。

教師としては出来損ないの生徒ほど可愛《かわい》いものだ。

気づけば、俺はその依頼を受けるとともに、彼らを久しぶりに指導してやろうと思っていたわけである。

そうすることで、頼りないアイツらも、また一歩、牛歩のごとくではあろうが、成長できるのだから。

導き手とは、不出来な者にこそ、寛容であるべきなのだろう。

そう感慨深く思ったのである。

さて、そんな俺の目の前にいる少女は、聖槍の使い手ラッカライだ。

海洋都市『ベルタ』に向かう途中で立ち寄ったこの小さな村で、悪さを働いていた野盗を壊滅させようと赴いた時、山中で偶然出会った少女である。

彼女が勇者パーティーに弟子入りし、どんな目に遭ったのか、そしてなぜ追放されたのかについて詳細は聞いた。

そのうえで俺は彼女をカフェの外に連れ出し、広い場所に到着するや、おもむろに口を開いたのである。

「ラッカライ。君さえよければ、俺と一緒に御前試合に出ないか？」

俺の突然の提案に、彼女は「え？」と最初何を言われたのか分からない風であったが、意味を理解するとすぐにシュンとした表情になった。

「アリアケさんと肩を並べて戦えるなんて本当に嬉しいです。でも、ボクなんかじゃ、アリアケさんの足を引っ張るだけですよ……」

そう悲しそうに言った。

だが、

「ははは、そんなことはありえないと思うぞ？」

俺は明るく笑う。そして、

「ラッカライ、カフェでも言ったろう？　君には才能がある。そのことを俺は見抜いてしまっているんだぞ？」

そう断言したのである。

ラッカライは頬を染めて一瞬嬉しそうにする。だが、すぐにまた肩を落とし、

「いえ、やっぱりないと思います。だってボク、勇者様の究極的終局乱舞《ロンドミア・ワルツ》でボロボロにされて負かされましたし……」

「ふむ、ではその技を一度見せてもらえないか？」

俺のその提案に、

「え？　いいですけど」

ラッカライはあっさりと頷く。そして、

「聖槍版ですが……。いきます、ロンドミア・ワルツ！　です！」

槍が踊るかのごとく舞った。

「やっぱり、勇者様みたいにスピードが出ないです……」

槍を振るった後、ラッカライが落ち込んだ様子で言う。

だが、俺はニヤリと笑い、

「ほらな？」

「え？」

ラッカライは、分からない、という表情をする。

「一度見ただけで再現してしまえただろう？」

「へ？」

まだ分かっていないようだ。やれやれ。

「そんなことは、誰にもできないことなんだ。それが君の才能だ。ラッカライ」

ラッカライはビックリし、混乱した様子で、

「才能？　このボクに？　でも、どういうこと？」

子供らしくあたふたとした。

「まあ、もしかしたら、勇者パーティーには、動体視力がいいだけ、だとか、目がいいから回避が得意だとか言われて追放されたかもしれないな。しかし、それは愚かな間違いだ」

「で、でも、じゃあ、ボクの才能って？」

「君の才能、それはな……」

「は、はいっ……」

彼女は固唾をごくりとのんだ。

『見稽古』だよ」

「へ？　み、見稽古？」

彼女は呆気にとられた様子を見せてから、大きくホッと息を吐いた。

「なーんだ」という声が聞こえてきそうな反応だ。

「ははは、『なんだ、ただの見稽古か』と思ったか？　ま、言葉の通りなら平凡そうに聞こえるか」

見ることで相手の技を盗むという、一見些細《ささい》な才能だからな。

俺は微笑む。しかし、はっきりとした口調で告げた。

「だが、見るだけで相手の性質《くせ》を理解し、攻撃方法や防御方法を習得する技術は、相手にとってとてつもない脅威だ。なぜなら、敵の本気の攻撃を一度受けてなお、生還したのなら、次は対策を立てて挑むことができるから。それは、その相手には絶対に負けることがないということだ」

俺の言葉にラッカライはハッとした表情になる。

「そ、そっか。確かに一度見て覚えた攻撃なら、何が欠点かも手に取るように分かる！」

そう言ってから、更に気づいたとばかりに手を打つと、

「じゃ、じゃあ。勇者パーティーから追放される時に、メンバー全員から攻撃を受けたボクは、今度戦ったら勇者様たち皆に勝てちゃう？」

そう首を傾げながらつぶやいたのだった。

「は、ははは……。ま、まあ、さすがに勇者パーティーも本気など出しているはずもないだろうから、そう簡単にはいかないとは思うがな。……う、うん、さすがに、な」

俺は柄にもなく自信なさげに言った。

「そ、そうですよね。さすがに仮にも弟子相手に全力を出すような大人げない真似するわけありませんよね……。まさか本気だったはずがありませんね」

ははははは、と二人で笑う。

「でも、もし万が一そんなことがあったとしたら、御前試合では、ボクが勇者様たちに欠点とか弱点を色々と教えてあげるってことになるのかな……？　けど、そんなことあるわけないよね」

彼女が何かつぶやいていたが、小さな声でよく聞こえなかった。

ともかく話を戻すとしよう。

「ま、君を突然、御前試合に誘ったのはそういうわけだ。勇者パーティーを知る君なら、いい勝負になると思ったわけだ。俺も上に立つ者としてアイツら《勇者パーティー》を指導はするが……。ただ、一方で『同輩』の君と戦ってもらうことで、あいつらも別の意味で学ぶことができるだろう」

俺はそう言うと、

「不出来な奴らだからこそ、こうして色々な形で手間をかけてやらないとなぁ」

俺はしみじみとそう言ったのである。

だが、その言葉になぜかラッカライが頬を膨らませたのだった。

「……そっか、不出来なのも得になることがあるんですね……。不出来だからこそ、アリアケさんにここまで面倒をみてもらえるんですから……。不出来なことがうらやましいなんて……嫉妬しちゃうなんて……」

ふむ、よく分からないが、何やらラッカライには思うところがあったようだ。ブツブツと言っている。

「……あれ、そういえば……。同輩って？」

ラッカライが突然気づいたように言った。

俺は苦笑しながら、

「俺はもう引退した身ではあるが、聖槍の使い手である君が求めるなら、道中、君を弟子として指導しようと思っている。どうだ？」

そう提案する。

「は、はい！　宜《よろ》しくお願いします！　アリアケ先生！　ボクの方からお願いしようと思っていました！」

「そうか」

フッ。俺は微笑む。

彼女も嬉しそうに微笑んだ。

武の名門ケルブルグ家。

その末姫が聖槍の使い手に選定されたことは知っていた。

その末姫が偶然とはいえ、こうして俺のもとにやってくる。

やれやれ、俺はため息をつく。

分かりやすいものだ。

運命がまたしても、俺を中心に加速し出そうとしているのだろう。

今回は自業自得とはいえ、世界はどうしても俺を中心へと据えたがる。

俺はそんな事実に肩をすくめつつ、新しい弟子、聖槍ブリューナクの使い手ラッカライの鍛錬プランを考え始めるのであった。

3・5、本当の修行と成長

「よし！　ラッカライよ、かかってくるがよいぞ！」

「は、はい！　えいやー！」

「甘いのじゃ！　のじゃのじゃ！」

「はわわ!?」

ズザザー、と足を引っかけられたラッカライが地面に転がった。

一か月後に迫る御前試合に向けて、彼女は今、コレットと特訓の最中である。

「ふーむ、やはり攻撃が、なーんかイマイチじゃな。槍先《やりさき》が鈍るっちゅーか、なんちゅーか。あんまり攻めるんが好きじゃないのかのう？　儂《わし》なんか大好きなんじゃが」

「す、すみません、コレットお姉様。せっかくボクなんかが竜の末姫様に稽古をつけてもらってるのに……」

ラッカライが申し訳なさそうな顔をするが、

「にゃははは！　別に気にすることなどないのじゃ！」

一方のコレットは、いつものようにお気楽に笑った。

ラッカライを弟子にすると言った時、どういう反応をするかと思ったが、コレットは、

「なんじゃそれ、面白そう！」

と喜んで、なぜか自分がラッカライに稽古をつけ始めたのであった。

「じゃが、とはいえ、向いていないことを頑張ってもあまり伸びしろがないかもしれん」

「うっ……。やっぱりボクなんかが頑張ってもダメですよね……」

「この馬鹿チン！　そうじゃないのじゃ！　むしろラッカライ、お主には『相手を倒すための力』なんて必要ない、と言っておるのじゃ！」

「倒すための力がいらない？」

ハテナマークを頭に浮かべて、ラッカライが首を傾《かし》げる。

一方のコレットは「うむ、うむ！」と得意げに頷《うなず》く。

「そなたの力は『見稽古』。そして、守ろうとした者を絶対に守り切ろうとするその固い意志の力。ならば別に自ら攻撃をする必要はないのかもしれん。『防御』にこそ、そなたの才能は集中しているように、このゲシュペント・ドラゴンの五感がささやいておる」

「ほ、本当ですか？　でもそれじゃあ、御前試合では攻撃されるばかりで相手を倒せないんじゃ」

「慌てるでない。何も『防御』型の戦士が攻撃をしてはいかん、というわけではないのじゃよ。相手の力を利用し、何倍にもして相手に返してやればよい」

「？？？？？？？？？？？」

ラッカライはますます混乱しているようだ。

俺としてはコレットの言っていることが既に理解できていて、しかもそれは俺が考えていた育成方針と完全に一致していたので好きにさせていた。

（これは思っていたよりも何百倍も強くなるな）

俺は確信する。

俺が指導した方が慣れている分、効率的なのかもしれないが、俺たちはパーティーなのだ。

こうやって仲間同士が拳を合わせる中で深まれば、『個』としてだけではなく、俺たち『パーティー全体』というレベルで戦力は数万倍向上するだろう。

それは俺の想定を超えた、嬉《うれ》しい誤算だった。

（ふ、まあ仲間同士が協力するなんて当然ではあるか）

俺は首を横に振る。

もし仲間同士で足を引っ張り合ったり、自分だけが抜け駆けするようなことを考えているメンバーがいるとすれば、それはパーティー失格であり、それを率いているリーダーの資質が皆無であることを意味しているのだから。

「よーし、ではもう一度かかってきてみよ、手本を見せるのじゃ」

「は、はい、そりゃあ！」

「ほいほいほいっとな！」

「わひゃー!?」

槍の穂先で突いたはずのラッカライが、いつの間にか宙を舞っていた。

「どうじゃ？　儂はまったく力を入れとらん。しかし、そなたの力を利用したら、何倍もの力にして相手に攻撃を返すことができる。要は『後の先』じゃ。まずはこの感覚をつかんでみるのじゃ！」

「そ、そういえば、聖槍《せいそう》の技にそういうものが多いような……。わ、分かりました、コレットお姉様！　ただ『見稽古』のスキルをもってしても、今の動きは高度すぎて見えなかったです。お願いします！　分かりやすく説明してください！」

「うむ、つまり、ドーンとやって、ばすーんじゃ！　どうじゃ、簡単じゃろ！」

「…………え？」

ラッカライは困惑顔になる。

そして俺の方を見た。

だが、俺も同じくらい困った表情を浮かべていただろう。

「あ、あの、コレットお姉様。他には…………？」

「？」

コレットは何を聞かれているか分からないようだ。

なぜ聞かれているかも分からないようである。

なるほど。

天才型というのは。

厄介だな。

「もー、いいからやってみよ、って。やったら分かる。分かるのじゃから。ほれ、ドドーンのばすすーんじゃよ！」

「さ、さっきと言ってることが違ってますよ、お姉様！？！？」

悲鳴のようなラッカライの嘆きが、修行場に響き渡るのであった。

「これは強くなる、かなぁ？」

ちょっと自信がなくなってくる俺であった。


「バンバラバンバンバンのデレレレレレーじゃって言っとるじゃろ〜!?」

「分かりませんよー!?」

修行三日目であるが、まったく進展がない。

コレットの美しい髪からは艶が失われ。

ラッカライの黒い大きな瞳の下には隈《くま》が出来ていた。

うーむ、さすがの俺も、コレットの異次元言語を通訳することは不可能だ……。

せめて、より高度な戦闘技術と言語能力を備えた人材がいてくれれば……。

「育成方針は完全に正しいから、習得できれば今の何十倍、何百倍と強くなることは間違いないんだが……」

それは確信できる。

だがいかんせん、言葉がこの世のものではない！

せめてもう一人、天才型の人間がいてくれれば、まだずいぶんマシだろうに……。

そんなことを考えていた時であった。

「やっと、追いつきましたー！」

なんだか全力疾走してきたような風情で一人の少女が茂みから飛び出してくる。

頭に木の枝を絡ませ、まとった聖衣には木の葉がまとわりついている。

だが、その天性の神々しさのせいで、まるで森の精霊か何かが、間違って飛び出してきたような印象さえ受けた。

美しく長い金髪と碧眼《へきがん》。神々しいまでの美貌とまさに神の祝福がもたらす福音により常人には持ちえないオーラが漂っている。

ほとんどの上級回復魔法がなかば伝説と化したこの時代の中で、蘇生《そせい》魔術すら使いこなす彼女はまさに伝説級の聖女と言われている。この国どころか世界中にその名を轟《とどろ》かす偉人的存在だ。

その少女の名は、

「アリシアよ……。せっかくの再会なのは分かるが落ち着くがよいぞ」

そう呼びかけながら、彼女の陰よりスッと現れたのは、

「フェンリル、君もいたんだな」

「無論じゃよ、主様。アリシアの従僕ゆえ、面倒を見るのも我の役目じゃ」

「それって従僕の言い分として間違ってません!?」

アリシアはジト目になりながらフェンリルを見る。

アリシアが神々しさの化身ならば、フェンリルもまた静謐《せいひつ》な雰囲気を漂わす不思議な女性である。

俺よりも少し年上に見える、真っ白な美しい髪を長く伸ばした女性だ。

「だが、どうしてそんなに慌てて戻ってきたんだ？」

「いやー、なんだか私の第六感がですねー、またお邪魔虫《メス》の匂いを感知したんですけども～」

アリシアはそう言うときょろきょろとしてから、ここまでの流れにまったくついてこられないラッカライを見て、

「ほっ、気のせいでしたか～」

そう言って、なぜかペタンとその場でしりもちをつくのであった。

聖女たるもの、なかなかこういう姿を人前では見せないのだが、俺の前では幼馴染《おさななじみ》ということもあって、油断するのか、こういう素の部分をよく見せる。

「気のせいというのは？」

「いえいえ、アリアケさん、こっちの話ですとも。いやー、焦りました焦りました。これ以上、順位を落とすわけにはいきませんからねえ」

訳の分からないことを言い出すアリシア。

なお、なぜか隣のフェンリルは、なぜか「ニヤリ」という目つきでアリシアを見ている。

うーむ、なおさら意味が分からん。

「えーと、そこの少年さん。いきなり色々失礼しました。初めまして、私はアリシア・ルンデブルクと申します。あなたは？」

「せ、聖女様って、あの蘇生魔術を使う世界唯一の大聖女アリシア様ですか!? どうして先生のところに大聖女様が!?」

「そ、それはだって、ねえ」

なぜか顔を赤くして、こちらをチラチラチラ! と見てくるが、俺は訳が分からずに首を傾げる。

するとアリシアは露骨にため息をついた。

うーむ、最近は昔みたいに砕けた態度もとってくれるようになったが、やはり時折こうして距離を感じるなぁ。

「あっ、なるほど、や、やっぱりこういう綺麗《きれい》な方が先生を…………。あ、失礼しました。ぼ、ボクはラッカライです。先生の弟子として鍛えてもらっているところで……」

一方のラッカライはなぜか得心がいったように、またしても少し顔を赤くしてうつむきながら、自分が弟子になった経緯をしっかりと説明する。

どうやら男性の俺には分からない女性だけの世界があるのかもしれない……。

まぁ、それはともかく。

「再会を喜ぶのもよいがの、今は修行の最中じゃぞ! さあさ、ラッカライよ、続きじゃ続き。ずびんずびんってやってから、びしびーしじゃ!」

「ふえええええええええええええん、だからそれだと分かりませんって……」

何度も繰り返される修行風景がまた再開されようとする。

だがその時、

「あら、コレットちゃん。それってカウンターの練習ですね！　聖女さんもよく練習したものです。ですが、それでしたらそこは、人の限られたリソースでは無理なので、ずどーんとやってから、しゅたーん！　の方がいいんじゃないんですかねえ？」

「!?」

コレットの動きが一瞬止まる。

そして、次の瞬間、

「なるほどの！　さすがアリシアなのじゃ！」

「「……は？」」

俺とラッカライは同じタイミングで呆気にとられる。

「主様や、アリシアは体術のプロじゃ。我にも引けをとらん。コレット殿は見たところゲシュペントの一族の末裔《まつえい》じゃな。あの二人に稽古をつけてもらえば、間違いはあるまいて」

「いや、俺が期待していたのはコレットの異次元言語の通訳ができる人材でな……。異次元語同士のコミュニケーションを見たかったわけではないのだが？　ん？　それにアリシアが体術のプロって……」

フェンリルは俺の言葉に肩をすくめる。

「そ、そうですよ、ボク全然分かりませんよ。分からなさが単純に二倍になりました！」

「まあまあ、そう嘆くでない。今代の聖槍を受け継ぎし者よ」

フェンリルは面白そうにそう言ってから、

「ま、仕様があるまい。今回だけじゃぞ。我も暇つぶしに手伝ってやろうではないか」

「へ？　あなたもですか？　でもどうして？」

「さあて、なんでじゃろうなぁ。ちょっと千年前くらいを思い出したからやもしれんな！」

フェンリルはそう言ってから、

「あ奴らが言っておるのは、槍の極意とは先に動くなかれということ。相手の気配、気の流れ、呼吸、全てに意識を向けて見逃さないこと。そして、その一瞬の動きを見極めた後は、もはや何も考えずに自然に槍を動かせばよい」

通訳者がいた！

「ふうむ、フェンリルとやら……。フェンリル族を見るのは初めてじゃが……。なるほど、理屈で言うとそういえばよいのか。あと、ちょっと儂と口調とか似とらん？　ま、それはいいか。うむうむ。そういうことなのじゃよ、ラッカライ。後の先とは相手に完全に合わせて行動するだけで、何も考える必要はない。つまり、ずっどーんで、ばっすーんなのじゃな！」

「そういうことですねえ♫　ズバッとやって、ズババババーン♫」

コレットとアリシアはお互いに頷いている。

俺はそんな二人をよそに、フェンリルの肩に手を置いて、

「お前が来てくれてよかったよ。ありがとうフェンリル。だが、どうして二人の言っていることがそう正確に分かるんだ？」

「ふ、まあ昔にな、似たようなことをしておったことがあるのよ」

そうか、と俺は頷き、

「ともかく礼を言う。あの二人だけだったらどうなっていたことか」

「ありがとうございます、フェンリルお姉様！」

「わはは！　なに、我を虜《とりこ》にしてしもうた主様がおればこそよ！　自らを誇るがよいぞ、主様！」

「と、虜!?　せ、先生ったら、何人の女性と……その……」

「なんもないなんもない。やれやれフェンリルの冗談にも困ったものだ」

俺が嘆息すると、なぜかフェンリルは頬を膨らませる。

理由は分からないが。

まあとにかく、想定上の修行の成果が得られそうで俺は安堵《あんど》した。

コレットの体術のレベルは高度だが、どうしても種族が違うせいで、人間には不可能な動きもある。それをアリシアというもう一人のプロフェッショナルがフォローすることで、ラッカライという人族にカスタマイズされた修行ができるというわけだ。

だが、問題はその言語が異次元言語であったことだが。

これもフェンリルという優れた通訳者によって、ちゃんと通じる言葉に直されることでラッカライにも理解できる言葉になる。

(間違いなく彼らが正確に稽古をつければ、ラッカライは今の数千、何万倍と強くなるだろう)

俺はそんなことを思うのだった。

あと、そうだな……。

俺はふと思う。

(死にスキルだった、あれが使えるかもしれんな)

ちょっと切り札でも授けてみようかなと、思ったりしたのだった。

~二週間後　ラッカライ視点~

「はぁ……はぁ……はぁ……」

「よしよし、だいぶ仕上がってきたのじゃ!」

「はぁ……はぁ……はぁ……」

コレットお姉様がボクに微笑《ほほえ》みかける。

いつ見ても可愛《かわい》らしくて、楽しそうに微笑むお姉様。

だけど、お姉様の動きは見えない。

なぜなら、雷よりも速く、まともに受ければ大岩さえ軽々と粉砕する必殺の一撃が、一秒間に何百とボクに降り注ぎ続けているから!

(一撃でもまともに喰らえば絶対に死ぬ!)

まさに竜種の一撃。

嫌な汗が背中や頬を伝うが、気にしている余裕はない。

今だって、目に見えない攻撃が、ボクの死を意味する一撃が無数に降り注いでくるのだから！

世界の最強種と言われるドラゴンの中でもゲシュペント……幻の意味を持つ伝説の竜族の末姫の修行は単純だった。

すなわち、お姉様の『本気の一撃を防ぎ続けられれば本番で死ぬことはなくなるから合格』というあんまりにもあんまりな修行内容。

だけど、この修行がどれほど効果的か、ボクにはよく分かった。

コレットお姉様が本気でボクを成長させようとしてくれているのがよく理解できる。

電光石火の攻撃を全て防ぎ、いなし、かわし続けるには、考えていては間に合わない。

体が動くままに。

無駄な動きをそぎ落とし。

聖槍を最小限の動作で動かし続ける。

一ミリもずれてはいけない。

弾《はじ》く方向がわずかでもそれてはいけない。

考えてはいけない。

動きは槍が。

空気が。

気配がボクに教えてくれる。

何より聖槍ブリューナクがボクに語り掛ける。

この世界の始まりとともにあると言われる聖遺物。

アリアケ先生とアリシアお姉様によれば、『次元干渉』のための鍵であるとのこと。

詳しいことは正直よく分からない。

ただ、そのおかげで、どんな攻撃を加えても破壊されず、正確に防御すれば衝撃を全て吸収する特性を持つ槍。次元に干渉する特性から、他からの影響を無効化することに優れた聖具なのだとか。

コレットお姉様をよく見る。

微笑みながらボクを殺す攻撃を雨あられと降らせる可愛らしいお姉様を見る。

瞳の動き。

呼吸。

魔力の動き。

筋肉の動き。

踏み込みの角度。

空気の揺らめき。

それらがボクの生存本能に直接語り掛けてくる。

そして、

『ガギイイイイイイイイン』

また即死級の一撃を防いだ。

本当に単純。

だって、これを繰り返すだけだ。

即死級だろうがなんだろうが、防ぎ続ければ問題ない。

聖槍はたわみはするけど決して折れない。

これこそ私《ボク》の命綱そのもの。

死線をともに駆け抜ける一条の槍。

「ふふふ、ラッカライ。いい笑顔をするようになったのじゃ」

「え？」

ボクは驚く。

こんな死地にあって、ボクは微笑んでいたらしい。

「ふーむ、さすがは聖槍に選ばれただけはあるのじゃ。『後の先』、そして『見稽古』か。儂が動くより先に槍が動いておるのじゃから、反則じゃな。いや違うか。見えてすらおらんはずなのじゃからな！」

かかかかか！

とコレットお姉様が愉快そうに笑った。

つられてボクも微笑む。

「もっと、早くしてもらってもいいですよ。アリアケ先生と一緒にいる皆さんのレベルに追いつくためにはもっと頑張らないとっ……！」

「にゃははは、その意気じゃ！　では更に本気を〜、と言いたいところじゃが、人間モードではこんなもんが限界じゃな。ドラゴンになるのは……？」

お姉様がチラッと振り向くと、そっちにはなぜか呆《あき》れた様子の先生が首を横に振っていた。

ん？

それよりも、人間モードではこれが限界？

ボクがこの短期間でそんなに強く？

（いや、そんなわけないよね）

ボクはあまりにも甘っちょろい妄想を頭から追い払う。

「ふむ、確かにこれ以上は儂が楽しくなりすぎてしもうて、この辺り一帯を焦土にしてしまうやもしれん！　というわけで～、アリシア！」

「はいはいですよ～♬」

ズダン！

と、今までアリアケ先生の隣にいたはずのアリシアお姉様が上空から舞い降りてきた。

地面にはヒビが入っている。

「さすがアリシアは登場もかっこいいのじゃ！」

「聖女のたしなみですからね！　場合によっては登場するだけで相手が逃げ出しますから」

「なるほど、戦わずして勝つ。さすがアリシアなのじゃ！」

お二人は仲がいい。

その光景は見ていて微笑ましいほどだ。

どう見てもアリアケ先生のことを二人ともお好きな様子なのに、そのことを特に気にした様子もない。

そんなお二人は微笑ましく、そして、正直言うとちょっとうらやましかった。

あの環《わ》の中にボクも入れたら……。

なーんて妄想をまたしてしまったので、またまた頭から恥ずかしい妄想をぶんぶんと追い払った。

「ではここからは私も攻撃側に回りますので宜《よろ》しくお願いしますね、ラッカライ君！」

「……え？」

変な妄想をしていたせいで、反応が遅れてしまった。

「えっと、あの⁉」

コレットお姉様だけでもギリギリだったのに、アリシアお姉様も加わるなんて、

「む、無理でっ」

「そーりゃ、どっかーんなのじゃ！」

「ずばーん！　と行きますよう！」

「わひゃあ⁉」

二人の神速ともいえる攻撃をとっさに聖槍で防いだ。

（ふ、防げた⁉）

その事実に驚愕《きょうがく》する。

「なーにを驚いておるのじゃ、ラッカライ」

「そうですよ、ラッカライ君。コレットちゃんの攻撃を防ぎ切れるんだったら、相手が何人であろうと大丈夫です。だって、コレットちゃんの攻撃は早すぎなので、何十人もの人間に攻撃されているみたいなものですからね！」

「じゃ、じゃあアリシアお姉様が加わった意味は……」

「私のは搦《から》め手を織り交ぜていきますので。要は実戦用の修行です！　こーんな風ーにー♬」

「わわ!?」

ボクはアリシアお姉様の神速の正拳突きをいなそうとする。

でも、思った方向に聖槍を動かそうとすると、妙な重みがあって動かしづらかった。

それによって、同時に攻撃してくるコレットお姉様の攻撃の対処が遅れがちになる。

「な、なんで!?　き、きつい!?」

さっきまでコレットお姉様だけを相手にしていた時が、どれだけ楽だったのか痛感する。

相手が二人になるだけでこんなにキツイだなんて!?

「種明かしをしますとね、結界をラッカライ君の周りに展開することで動きを邪魔しているんですよ。とはいえ、ラッカライ君の聖槍は次元干渉を特性とする槍。その使い手たるあなたなら、多少重みを感じる程度かもしれません。でも、多少はキツイでしょう？」

「多少どころじゃないんですけど、お姉様!?」

ボクは悲鳴を上げるが、

「さっすが！　悲鳴を上げる余裕があるならまだいけそうですね。ええ、ええ、安心してください

ね、ラッカライ君。死んでも大丈夫ですよ！　大船に乗ったつもりでいてくださいね！」

なるほど。

大聖女様というのは。

人間を超越した。

存在なんだなぁ。

そう改めて思ったのでした。

～アリアケ視点～

「なぁ主様よ。ラッカライの修行は着々と進んでおるようじゃが、正直あそこまでする必要はあるのかの？」

ラッカライの修行風景を眺めていた俺の隣に来たフェンリルが、美しく長い白髪を揺らしながら聞いた。

「勇者とやらと我も相対したが、そこまで強いとは思わなんだが……。まあ、すぐにアリシアとの戦いになったせいで、ろくに印象にも残っとらんが……。ていうか、アリシアが強すぎて他のメンツがどんなもんじゃったか忘れてしもうたが」

俺はその言葉に少し考えてから、

「勇者たちが撤退したのは、何かしらの理由があってのことだろう。低階層で君のようなボスクラスと会えば一旦撤退して準備を整えようとするのは戦略的に正しい判断で、彼らが弱いわけはないさ。それに、まさか敵《かな》わないと怖気《おじけ》づいて無様にも撤退したなどと、そこまでの才能なしだとは幼馴染として信じられないからなぁ。長年彼らと付き合っている俺はよく理解しているつもりだ。だからこれくらいの修行は必要だろう。御前試合では良い戦いになるさ」

その言葉にフェンリルは、

「うーん、そうかのー、うーん」

となぜか首をひねっている。

まあ、実際に試合をすれば分かってもらえるだろう。

確かに俺を基準にしてしまえば、まだまだヒヨッコで取るに足らない存在ではあるだろう。しかし、それでも俺という優れた教師から巣立とうとした気概のある若輩者たちなのだから。

温かく見守るのが上に立つ者の責務でもある。

と、そうこうしている間に。

「よーし、半ドラゴン化じゃあ！　楽しくなってきたのじゃ！　のじゃのじゃぁ！」

「ダメですよ、ダメダメ!?　さすがに範囲攻撃はいなせません!?」

そんなコレットの歓声とラッカライの悲鳴が届いた。

どうやら、コレットとアリシアのコンビネーション攻撃もさばききって、コレットのテンションがマックスらしい。

「ゆっくぞー！」

「ひえええええええええええ!?」

やれやれ。

「《鉄壁付与》」

「《炎耐性付与》」

「《攻撃力ダウン》」

「《炎攻撃ダウン》」

「《防御力アップ》」

「《即死回避》」

六重詠唱で一瞬のうちにラッカライにスキルを使用する。

「アリシア。俺たちの方には強化型結界を」

「いいですとも！　ちなみにどうしてラッカライ君だけ、アリアケさんのスキル使用対象なんですか。わ、私も久しぶりにアリアケさんのスキルで守られたりなんかしたいなぁ、とか……」

「俺とラッカライは御前試合でタッグを組むからな。スキルの感覚を共有しておきたいんだ」

「な、なるほどぉ……くううう、まっとうな理由ぅうううう」

「ところで、ちなみに、なんで俺のスキルで守られたいんだ？」

何か理由があるのか？　と聞くが。

「そ、そこ聞いちゃいますか!?　この朴念仁！　この朴念仁！　ううううう！」

「哀れだなぁ、アリシアよ……」

フェンリルがなぜか可哀《かわい》そうなものを見る目で、アリシアに言葉をかけていた。

うーむ、やはり女子同士の会話というのはよく分からん。

ま、それはともかくとして。

「ラッカライ、怖い気持ちは分かるが、スキルをかけた。お前には炎は効かない。信じられないだろうが、コレットの炎を受けきってみて……」

「せ、先生のスキル!?　あ、じゃあ大丈夫ですね！　よーし、どんと来い！　ですよ！」

「……なぜか知らんが妙に信頼されているなぁ……」

俺は大したことはしていないと思うのだがなぁ。

「いやいや、主様は相当のことをしておる。その認識は誤りと知るがべきよの」

「ですね。ただ、それはともかくとして、なんでしょう。やっぱり私の……聖女さんの第六感がなぜかさっきからビンビンとラッカライ君に反応しているんですよね。なんでかしら？」

そんなことを言いながら、大聖女アリシアは、この大陸で唯一無二ともいえる、ゲシュペント・ドラゴンの炎を完璧に防ぎきる大結界を一瞬で構築したのであった。

～ラッカライ視点～

コレットお姉様の炎によって、修行場は灰燼《かいじん》に帰しました。
ドラゴンは大きくてかっこよくて足がすくみました。
私だけだったら、間違いなく一瞬で焼死です!!
だけど、さすが先生。
先生のスキルは完璧で、ボクにはキズ一つありません。
また、聖女アリシアお姉様の凄《すご》さも目の当たりにしました。
一瞬で結界を展開した聖女様のおかげで、先生もフェンリルお姉様も全員無傷です。
「なるほど、これこそパーティーが力を合わせるということなんですね……」
「お主らホントはちゃめちゃよな。じゃが、千年前とよく似ておるわい。わはははは」
フェンリルお姉様が楽しそうに笑っていました。
すると先生が口を開きます。

「やれやれ、修行場所も荒廃してしまったし、これくらいやれば、勇者パーティーとの御前試合でも、そこそこの戦いになるだろう。よし、コレット」

するると、稽古をつけてくれたコレットお姉様が、一枚の紙をボクに渡してくれました。

『表彰状　初段！』

って書いてあります。

コレットお姉様は頷きつつ、

「アリシア・コレット道場の門下生一号に認定するのじゃ！　とりあえず『初段』とする！　合格オメ！　なのじゃ！」

「や、やったー！　……あれ？」

ボクは嬉しくて飛び上がろう……としたんだけど、腰が抜けてしまいました。

バタンキュー。

そりゃあ、ボクごときが人間モードとはいえ、ドラゴンの攻撃を防ぎ続けるなんて無茶すれば、すぐに限界になっちゃうよね。

いいえ、先生のスキルは完璧でも、ボクのメンタルがまだまだってこと。

御前試合でもそのあたりは気を付けないといけないかも。

でも、それでもアリシアお姉様の言葉を思い出して、すぐに安心してしまった。

「死んでも大丈夫ですよ！　大船に乗ったつもりでいてくださいね！」

(すんごいセリフだけど、まぁ、ある意味無敵と思っていいのかな？)

最初は物凄い会話すぎてついていけないことが多かったボクだけど、この二週間くらいでだいぶ慣れた。ちょっとは成長したってことかな？

（いやいや！）

ボクは内心で首を振った。

（あの強敵たる勇者様たちに勝つんだったら、もっと修行しないとダメだよね！　だって、先生が強敵だって言ってたんだから、きっと強敵に違いないんだから！）

まだまだ修行して強くなって。

勇者様たちと互角の戦いができるようにならなくちゃ！

そう意気込む。

意気込むんだけど、ボクの意識はゆっくりと暗闇に落ちていった。

夢うつつの中、アリシアお姉様の心地いい回復魔法を感じながら。

3・6、閑話　ちょっとおかしな「五角関係」

～アリシア視点～


さて、今馬車の中には私ことアリシアと従僕たるフェンリルさん。そして、コレットちゃんとラッカライ君だけがいます。

パッカパッカと次の中継地点である街へ移動中なのです。

ちなみにアリアケさんは、何か用事があるとかで、次の街へ先ほど少し先行して移動しました。

というわけで、この四人が残っているのですが、

「チャンスです！　ラッカライ君にアリアケさん攻略法を色々と聞くチャンス到来です！」

私は興奮して声を上げました。

「なるほど！　さすがはアリシアなのじゃ！　この隙を見逃す手はない！　儂《わし》もいつ聞こういつ聞こうとヤキモキしとった！　修行が手につかんくらいに！」

「さすがコレットちゃん。完全同意です！」

ラッカライ君は驚いたように目をぱちくりとしています。

それにしても見れば見るほど女の子みたいなあどけない顔つきですよね〜。

「二人とも、一体いきなり何を言い出すのかえ？　あと修行は思いっきり全力だったと我は認識しておるのだが？」

フェンリルさんがちょっとびっくりしている様子ですが、気にしている暇はありません。

アリアケさんが戻ってくる前に全て終わらせなければ！

「えっと、お姉様がた、何をボクに聞きたいんですか？」

ラッカライ君がキョトンとした様子で言う。

ええ、ええ、素直な子はお姉さん好きですよ。

「その〜ですね〜。ぶっちゃけますと、私ってば、アリアケさんのことを〜。こ〜、あれなんですよね、憎からず思っていると言いますか〜」

「儂も儂も！　憎からず思っておるのじゃ！　というか愛してるのじゃ！」

「ぬああああ！　さすが美少女は可愛《かわい》いからドストレートが許される！　うらやましい！」

私はやや絶叫してから、

「ま、まあ。そういうことなんですよねえ。わ、私も彼のことを、あ、あ、あ、あ、あ、あ……うううううううう……ラブ！　なわけです！」

愛してると言いたい！　でも言えない。

これでは伝わりませんよねえ……。

「いえ、知ってましたけど……」

「なんと!?」

私が人生最大の告白を果たしたにもかかわらず、ラッカライ君は持ち前の慧眼《けいがん》で見抜いていたようです。

「それが聖槍《せいそう》ブリューナクの力なんですね……」

「いえ、見てたら一目瞭然かと……」

「なんと!?　ではでは、なぜアリアケさんには伝わらないのかと訴えたい！　あの朴念仁～」

で、ですが、それなら話は早いです！

「ラッカライ君。あの朴念仁と同じ男性として、恋愛攻略法について相談に乗って欲しいんです！修行では私たちが師匠でしたが、異性関係においてヘボの名をほしいままにするこの大聖女さんに、何とぞご教示のほどお願いします！」

そう言って頭を素直に下げます。

直角に。

最敬礼にて！

「必死すぎではアリシアよ……。それに、そやつは……。まぁいいか。言わん方が楽しそう」

フェンリルさんが何か隣でニヤニヤしていますが、必死な私の耳は完全スルー。

「あ、あのボクは自分から言ってはいけないことになってるんですが……、その……、ボクでは絶対に役に立てないかと。なぜなら……」

断られる！

ですがそうはいきませんよ！

聖女さんの執念見くびることなかれ！

「そんなことはありません！　ちょっと意見をもらうだけでも凄《すご》く助かるんです！　例えばですが！」

「は、はい」

ふう、断られそうになりましたが、どうやら私の勢いに押されて聞いてもらえそうです。

普通、男子は、他人の恋愛相談なんかに乗るのは嫌でしょうからね～。

ですが、これも私の恋愛成就のため！

ラッカライ君の男性としての感覚に頼らせてもらいますよ！

「アリアケさんにプレゼントするなら何がいいですかね～？」

「プ、プレゼントですか？」

ラッカライ君は少し悩んでから、

「案外、消え物がいいのかもしれませんね」

「き、消え物？　食べ物とかということでしょうか？」

私は意外に感じます。

なぜなら、

「手元に残ってずっと相手と一緒にあるような物の方がよいのではないでしょうか？」

この意見にフェンリルさんが顔をしかめて、

「そういうのって『重い』のではないかえ？　まだ付き合ってもおらんのじゃろ？」

「ま、『まだ』だなんて！　まるで私とアリアケさんが将来付き合うみたいな！　そんな破廉恥な、キャー！」

「おー、これは重い重い。知っておったがなかなか重い」

フェンリルさんが呆《あき》れたように言います。

するとコレットちゃんが、

「儂としてはもっとストレートなものがよいのではないかと思うのじゃがなぁ。伝わらなければ、どんなものを贈ろうが一緒であろう？　じゃから、例えば人族は意中の相手にアクセサリーか？指輪などを送って永遠の愛を誓い合うというではないか？　それがよいと思うのじゃがどうじゃろうか？」

「そんな恥ずかしいことできっこありませんよ！　心臓が止まってしまいます！　私、自分には蘇《そ》生《せい》魔術が使えないのが唯一の弱点なんですから！？！？」

赤面を通り越してゆでだこになります。

ついでに将来フラグになりそうな、私の弱点もついつい絶叫してしまいました。

「あ、あの～」

ラッカライ君がおずおずと挙手しました。

「今みたいに素直に照れた感じを先生にお見せしたら、その、普通の男性はイチコロなんじゃないでしょうか？　わたし……じゃなかった。ボクですら可愛らしく思いますし……」

「な、なるほど、やっぱりラッカライ君に相談してよかった！　男の子からの貴重な意見です。す、素直な感情を伝える、ですか！」

「それはなかなかよいのではないかえ？　我も賛成よ。主様を前にしたら、ついついツンケンしてしまうツンデレ聖女にはちょうどよかろう」

「儂もそれがいいと思うのじゃ！　ストレートが一番じゃよ！　押し倒して愛してると百回も言えば伝わるに違いない！」

「それは絶対に無理ですが！　無理ですが！　ともかく素直な気持ちを伝えてみます！」

「愛の花言葉を持つ花に『フーリア』という綺麗《きれい》なお花がありますので、その花束と一緒に気持ちをお伝えするのがいいんじゃないでしょうか？」

「ラッカライ君凄い！　花言葉まで修めているなんて、まるで英才教育を受けた深窓の令嬢みたいですね！」

「あ、あはは……」

で、ですが。

い、一番であるコレットちゃんを放っておいて、私からそんな大それたアプローチをしてもいいのでしょうか？

ちらり！

「？　頑張るのじゃ！　アリシア！」

しゅ、しゅごいです！

「さ、さすが美少女は違います!?　あ、あまりにも大らかな余裕。聖女さん、自己嫌悪っ……！」

だ、だけど、コレットちゃんがＯＫなら、何をはばかることがありましょうか！

ようし、ならこうしている暇はありません！

早速フーリアの花を購入して、アリアケさんに素直な気持ちを伝えるのですから！

待っていてくださいね、私のアリアケさん！！


～ラッカライ視点～


「あのコレットお姉様、フェンリルお姉様？」

「なんじゃ、改まって？」

「何かえ？」

「あの無礼なことを言っていたらお詫《わ》びするんですが、お二方も……その先生のことがお好きなんですよね？　その、それなのにどうしてアリシアお姉様を応援されるのかと思って……」

「なーんじゃ、そんなことか！　そんなことは決まっておる！」

コレットお姉様は堂々と腕組みなどをしつつ、

「さっさと順番を回さんと儂の番が回ってこぬからな！」

「へ？」

何を言っているのか分からず、首を傾《かし》げます。

「あーんな超絶完璧超人アリシアに、儂なんかチンチクリンじゃから要らぬ、と言われたらそれまでよ。それをあのアリシアは。アリシア殿は気前よく儂が旦那様のそばにいることに関して、なーんも、一言も文句を言ってはこぬ！　まこと出来た御仁じゃ！　マジサンキューアリシア殿！」

なるほど。

コレットお姉様はアリシアお姉様を立てていて、まずはアリシアお姉様と先生の恋愛成就を願われていらっしゃるのですね。

一方、

「ま、我はな～、アリシアにはもう少し素朴《おもしろ》な属性《イメージ》を持っておるが……。そもそも我に限って言えば、独占欲などない。好きにすればよいし、我も好きにする、という感じよ。心地よき主様に心身ともに委ねるのがフェンリルのありようである」

フェンリルお姉様の意見は、また皆さんとはちょっと違うものだ。

これは種族による差なんだろうなぁ。

でも、とにかく分かったことは、

『みーんな先生のことが大好きで愛しているということ』

そのことだけはよく理解できた。

なら一方、ボクはどうなんだろう？

皆の気持ちを知った今、ボクはどう振る舞うべきなんだろう。

（この胸の底に沈めたマグマのような気持ちを、どうするべきなんだろう……）

でもボクはあくまで男の子として振る舞うことを決めている。

だから今は皆さんの環《わ》に加わることはできない。

そんな悩みを静かに内に秘めながらアリシアお姉様のプレゼントの準備を手伝ったのでした。

なお、本件につきましては、非常に残念な結果……。先生のボク・ネン・ジーン！　ぶりがいかんなく発揮される結果になりまして……。御前試合を控えた今、語る気力が残っていません……。

またの御前試合が終わりましたら、じっくりと回想したいと思います。

はぁ、困った先生だなぁ。

4、修行の成果　～『ゴブリンの巣』駆除クエスト～

～アリアケ視点～

「えいや！　はぁ！」

「「「ぎ、ぎいいいいいいいいいいいいいいいいいい!?」」」

バタ、バタ、バタ！

十体のゴブリン・ソードたちが一斉に倒れた。

それをやったのは聖槍《せいそう》ブリューナクの使い手に選定された俺の弟子ラッカライ。

そして、

「喰らええええええええええ！　龍撃破！」

ずっどおおおおおおおおおおん!!

「歪曲《わいきょく》結界。裂けよ、悪鬼！」

ぎゃあああああああああああああああああ！

「コールド・ブレス！」

ビキビキビキイイイイイイイイイイイイイインン！

「だからお前らの修行ではないんだがなぁ……やれやれ。《防御力アップ》《被クリティカル率減少》《自動修復付与》」

「そう言う旦那様もずいぶんしっかり支援しているような……？」

「まあ、油断はよくないからな」

「さすが旦那様じゃな！」

アリシアにコレット。そしてフェンリルと一緒に、ゴブリンの巣の最奥へと進んでいた。

それにしても、

「ラッカライの防御力は凄《すご》いな」

「儂《わし》らの修行に耐えたのじゃから、当然じゃよ！　と言いたいところじゃが、これは天性の素質を感じさせるのう」

コレットが頷《うなず》きながら言った。

ベルタでの御前試合までの一か月の間、俺は様々な修行を彼女に課した。

特に彼女には、『目がいい』ものの、まだ幼いために思った通りに体が動かないという課題があった。

勇者パーティーを追放された時も、勇者の究極的終局乱舞《ロンドミア・ワルツ》や、他のメンバーからの一斉攻撃をいなし切れずにやられたという。

逆にその欠点さえ克服すれば、彼女に大きな欠点はなくなるだろう。

だから彼女にはこの一か月間、実際に強力な攻撃にさらされても冷静に対応するという、ただそれのみに専念した修行をしてもらった。

攻撃面は捨てている。

彼女……というより、聖槍の特性として『現状を保持する』という特性がある。

だから、彼女の戦いのありようというのは守備。

『守るために戦う』というのが彼女の本質となる。

で、その結果が、先ほど一斉に襲い掛かってきたゴブリン・ソードたちの成れの果てというわけだ。

背後からでも死角からでも問題なし。

俺たちの考案した修行によって、ラッカライは完全に以前の欠点を克服していた。

ゴブリンたちを倒したラッカライはリラックスした様子で戻ってくると、

「先生や皆さんの修行方法は本当に凄いですね。ボク、おかげでこんなに強くなれました！」

そう言って、俺に向かって屈託なく微笑《ほほえ》んだ。

フッと俺も微笑み、

「これくらい大したことではないさ。元々君には才能があった。才能を引き出すのは、人々の上に立つ俺のような人間の役割さ」

だが、ラッカライは「そうでしょうか」と首を傾《かし》げると、

「そもそも、人の才能を見出すということ自体が物凄い慧眼《けいがん》ですよ。鍛えるだけならできるかもしれないですけど、才能の種を見つけるなんて、余程の目を持っていないとできないことです。はい、ボクも特別な目を持っているからこそ、そう断言できます！」

そう興奮気味に言った。

やれやれ。

俺にとっては特別なことではない。

だが、世間一般からすれば十分特別なことだったのかもしれないな。

何より、特別なことではないと、いくら俺が説明しても、評価をするのは俺ではない。他人が俺を非凡だと評価するならば、反論しても無駄というものだ。

（ま、本当に俺にとっては大したことではないのだが）

「じゃが、それにしても、ラッカライが加入してくれたおかげで、パーティーのバランスや連携が格段によくなった気がするのじゃ。ラッカライを引き入れた旦那様はさすがじゃな！」

そうコレットが言った。

俺は肩をすくめつつも、彼女の言葉を認める。

俺が彼女を加えたことで、俺たちのパーティーはずいぶんと『手堅い』パーティー構成になったと思うからだ。

そのことを思うと、自然と勇者パーティーのことが頭に浮かぶ。

残念ながら、勇者パーティーはバランスが悪い、典型的なアンバランスなパーティーだ。

攻撃に偏重しすぎていて、一度崩れるとパーティーが崩壊しやすい致命的な欠点がある。

例えば、勇者は攻撃型で突出しがちであるし。

デリアはサポート役を任じてはいるが、その勇者をまったくコントロールできていないばかりか、全体を見る視点もないので補佐としても全然機能していない。

プララは魔法使いだが、本来、俯瞰《ふかん》的、戦略的思考が必要な補助魔法の使用が極めて苦手だ。タイミングも頻度もセンスがない。そのため攻撃魔法に偏重してしまう。

エルガーも体を張った筋肉戦士《タンク》役しかできない不器用さを露呈しがちであり、とにかく搦《から》め手の攻撃に弱い。

以前は、俺や大聖女がいたから、アンバランスな彼らでも連携をとることができていて、ちゃんと戦えていたのだが……。

今は別のメンバーの、ローレライという以前一時的に冒険をともにした少女と、バシュータというポーターが加入しているらしい。

彼らが勇者パーティーに散々苦労させられているのではないかと、心配でならない。

まあ、さすがにそこまでひどいことにはなっていないとは思うが……。

俺がいなくなったとはいえ、腐っても勇者パーティーなのだから。しっかりと自分たちのレベルを見極めたダンジョン攻略、仲間と絆《きずな》を深めつつの連携の模索、そして間違っても犯罪などに手を染めないだろうし……。

「……だが、それにしても、ラッカライを加入させておけば、パーティーのバランスがよくなったに違いないのだが……そんな簡単なことすらも分からなかったのだろうか？　そうだとすれば愚かすぎるが……まさかなぁ……」

俺には不可解すぎて首を傾げる。

「さすがにそれくらいは気づきそうなものだ。あれだけ不出来なアイツらでも、それくらいのことは、な。……不思議だ、まぁ、まさか自分のポジションを奪われるとか、そんな個人的なことで、パーティー全体の戦力アップの機会を手放すはずもないし。いや、本当に謎だ……」

謎すぎて、俺ともあろうものが、深く深く眉間にしわを刻んだ。

俺をここまで困惑させるのは、世界広しといえども、勇者パーティーくらいである。

ある意味、さすが、と言える。

「あのう、アリアケさん？　いつも思うのですが、どうして勇者パーティーに対しては過大評価なんですか？　今、アリアケさんが言ったこととは、全部、十分ありえると思うのですが……？」

と、俺の独り言に返事をしたのは、大聖女アリシア。

美しい長い金髪と碧眼《へきがん》を持つ、幼馴染《おさななじみ》の少女。

その碧眼は怪訝《けげん》な色を湛《たた》えている。

「ははは、さすがにそんなことはあるまい。それが事実ならただのカスじゃないか」

俺はあっけらかんと言った。

「…………」

なぜかアリシアは黙ってしまった。

うーむ、なぜだろうか……。

まあ、ともかく俺たちのパーティーはなかなか優れた構成だと言ってよいだろう。

『攻防一体型』であり、隙がない。

どんなダンジョンでも踏破可能な安定した強さを誇っているうえに、俺という存在を中心に爆発力まである。

コレットがあまりにも頼りになる攻撃の中心的存在であるし。

アリシアが蘇生《そせい》魔術や上級回復魔法を使用できる聖女の頂点であるし。

フェンリルはどうやらかつて訳アリの冒険をしてきた者らしく、知恵の者であり、また人間には感知できない音や匂いを敏感に嗅ぎ取ることができる。

ラッカライは成長途上とはいえ、背中を任せられる信頼に足るタンクだ。それに、攻勢防御《後の先》の型を極めることを予感させる才能もある。それゆえに彼女の生還率は高い。そして、その才能は『見稽古』の才により一種異能の域に達していると思う。彼女は、勝てなくとも、負けない戦いができる戦士と言えよう。

そして、何より最強の賢者たる俺がいる。あらゆるスキルを使用できる、最強のポーターである俺が。

これほどのパーティーは大陸中を探しても見つけられまい。

「それにしても、少し怪我をしてもすぐにアリシアお姉様が回復してくれるので、なんの心配もなく戦えます。本当に凄いですね」

「えっ、そうですか？　んふふふふ、照れちゃいますね～。でも、ラッカライ君だってピンチになっても絶対アリアケさんの背中を守ろうとしてくれますから、お姉さんも安心して呪文詠唱に集中できるんですよ？」

「えっ!?　えっと……。あ、ありがとうございます」

「照れおって、なかなか殊勝な少年じゃな！　うむうむ、その歳であっぱれじゃ！」

「ボ、ボクなんて……そんな。コレットお姉様が前衛で敵を引きつけてくれるから、守りに集中できるだけですよ」

「ぬおおおお！　もっと言うがよいぞ！　にゃはははははは！」

「コレットもアリシアもはしゃぐのはよいが、あと十秒ほどでまた百匹ほどの大群と出くわす。気を付けるがよいぞえ？」

「了解なのじゃ！」

「フェンリルさんのお耳って便利ですよね～」

「フェンリルお姉様のおかげで奇襲の可能性がほとんどないから凄く安心です！」

「うむ、もっと我を称えるがよいぞえ」

そして、お互いの信頼感が高いことが何より大事だ。

お互いの信頼感が低いパーティーでは、いざという時に仲間を見捨てたり、罵倒したり、アイテムでもめたりといったことが発生して、戦闘どころではない。

冒険をしていれば窮地などいくらでもある。

そんな時に、いかにお互いを信頼し、助け合い、逃げ出さずに活路を一緒に冷静に考えられるか。

それが大事なのである。

まあ、窮地に陥った時に仲たがいしたり、罵倒したり、ましてや仲間を見捨てて逃亡するようなパーティーが万が一あったとすれば、そんなカスパーティーはさっさと解散するべきなのだろうけれども。


「「「「うぎぎぎぎいいいいいいいいいいいいいいいいいい！」」」」

さて、もうゴブリンの巣窟の最奥。こいつらが最後の敵だ。

フェンリルが察知した敵に先制攻撃を仕掛ける形で、コレットがゴブリンたちの集団に突っ込んで大きな穴を空ける。

そこにラッカライが後衛を担う形で突っ込んで場を攪乱《かくらん》した。少し大きいホブ・ゴブリンもいたが、難なくいなし続ける。そして、焦っているホブ・ゴブリンをコレットが楽々と始末した。

「俺の見込んだ通り、非常にバランスのいい優秀なパーティーだな」

そうつぶやいた時である。


ゴオオオオオオオオオオオオオオオオオオオオオオンンンンンンン…………。

洞窟の最奥と思われた更に奥へと続く扉が突如として現れる。

「隠しダンジョンじゃと？　なんでこんなところに？」

コレットが首を傾げる。

アリシアも頷きつつ、

「ですね。隠しダンジョン自体は珍しくありません。ただ、ここは初級者レベルのダンジョンです。隠しダンジョンは中級レベル以上でないと現れないはず……。しかもかなり上級なボスクラスがいるはずです」

「なら答えは簡単よな」

フェンリルがくんくんと扉の匂いを嗅ぎながら言った。

「何者かが巧妙に細工をした痕跡があるのぅ。魔術的にはゴブリンの一掃が解除条件とは手の込んでおることよ」

この辺りでゴブリンの巣窟を一掃できる可能性のいるパーティーはいない。

「だとすれば奥にいるのは相当なレベルのモンスターだろう。気配遮断の扉のせいで鑑定はできないが察しはつく」

「ど、どうして分かるんですか!?」

ラッカライが驚くが、

「ここまでするんだ。逆にこのダンジョンのきな臭さを際立たせてしまっている。とはいえ、何者によって作られたのかまでは皆目見当がつかんがな」

「本当ですか～？　ちょっと察しがついてるお顔ですけどね～」

アリシアがジト目で聞く。

「む、そうか……」

俺は鼻をかく。

幼馴染というのはこういうところがやりにくい。

彼女の言う通り、俺は内心、今の状態と似た印象を持った事件の数々を思い出していたからだ。

『魔の森』『エルフの里』。そして『ミミック』の事件……。何者かが闇を振りまこうとしている。

俺はそう感じているが……」

「闇、ですか……」

「おお、あれかぁ！」

ぽん！　とコレットが俺に言われて初めて気づいたとばかりに手を打った。

「で、でもどうしましょうか。それほど強力なモンスターがいるなら引き返した方が……」

「本当はそうですね。しかし……どうしますか、アリアケさん？」

アリシアの質問に、俺は少し考えてから、

「俺やお前たちほどのメンバーがパーティーを組んだ状態で、この洞窟で偶々《たまたま》隠しダンジョンを発見した、などというのは……。恐らく、質《たち》の悪い神の導きとやらだろう」

「いえ、導かれたのは完全にアリアケさんだけだと思いますけどね。べ、別に私は巻き込まれて嫌というわけではありませんけどゴニョゴニョ」

最後の方は聞き取れなかったが、とにかく話を続けた。

「それにこの辺り一帯で、隠しダンジョンクラスのボスモンスターを倒せるパーティーは、実質大陸一である俺たち以外にはいない。そして、今放置したとしても、いつ何時、このダンジョンを作った者の企みが完成して近場の街が壊滅するか分からん。その時は改めて俺たちが出張る羽目になる。なら、今やろうと、後でやろうと戦うことに変わりはない」

「放置すれば、どうせ主様が処置することになるのか。難儀よなぁ」

「なら行くしかないのじゃ！　のじゃのじゃ！」

気の早いコレットが早速扉を開けてズンズン進んでいく。

ゴブリン相手ではちょっと退屈だったのだろう。しっぽがゆらゆらご機嫌に揺れている。

「ひえええ、待ってくださいよ、コレットお姉様！」

慌ててラッカライが追いかけた。フェンリルも少し微笑みながらついていく。

やれやれ、と苦笑しつつ、

「ま、それにラッカライの実戦経験としてもボス戦はちょうどいいだろうしな」

「それが一番の理由じゃないんですか？　過保護っぷりは変わりませんね～」

そうからかうように言いつつ、聖女が俺の前を通りぬけていった。

お見通しか。

こうして俺たちは偶々発見した隠しダンジョンに足を踏み入れたのであった。

そこは大きなドーム状の空間で、中央には玉座があった。

天をつくほどの巨体。

無骨なあまりにも大きな斧《おの》。

そこに座っていたのは、

『ゴブリンキング』

ゴブリンを率いて戦場に立てば、烏合《うごう》の衆であるゴブリンを一気に優秀な兵として統率し、国すらも亡《ほろ》ぼす引き金になるという恐るべきS級モンスター。

「なるほど。確かに俺たちが導かれるにはちょうどいい。国が亡びるところだったな」

俺はニヤリと笑いつつ、スキルを使用する準備をした。

同時に、今まで眠っていたゴブリンキングがその巨軀《きょく》をみじろぎさせ、こちらを見定めた。


バン！

ゴブリンキングが俺へ先制してくる。

さすがS級モンスター。

無駄な会話など一切ない。殺意しか見出せない。完璧な行動だ。

このパーティーの核が誰なのか一瞬で見抜いた。

だが、

「先制させてやったんだぞ、ゴブリンキング？」

俺はつぶやく。その証拠にコレットがまだ攻撃していない。

本当ならば彼女が突撃しているところだ。

だが、彼女はこのダンジョン攻略の意味を直感で理解している。

「お前には俺のパーティーの要《かなめ》の経験値になってもらおう」

俺はそう言ってから、

「無敵付与」

とつぶやく。

「よし、ラッカライ、弾《はじ》いてみろ！」

「そ、そんな!?　急に言われても!?」

彼女は突然の指示に驚く。だが、驚きつつも一歩踏み出した。

(初めてのボスモンスターにためらわず体を前に出すことができる。俺の見込んだ通りだ)

『守る』

それこそが彼女の本質。

聖槍ブリューナクに選ばれた才能であり、そして、
バキイイイイイイイイイイイ！

「ぐううううううううううう!?」

「GUOOOOOOOOOOOOOOOOOOOOOOOOOOOOOOOOOOOOOOO！」

ゴブリンキングの巨大斧を聖槍一本で真正面から防ぐ。

「ぜ、絶対にここは譲るわけにはいかない！」

彼女は普段は見せない、絶対にひかないという決意の眼差《まなざ》しで、ゴブリンの王を睨《にら》む。

その瞳の強さに、ゴブリンの王とてひるむかもと思うほどだ。

「コレット、フェンリル」

「了解じゃ！」

「下種《げす》が、下がるがよいぞえ」

「そーれー！」

ドカッ！　ボコ！　グシャ――――――――――――ン！

「GUGYAAAAAAAAAAAAAAAAAAAAAAAAAAAAAAAAAAAAAAAAAAAAAAAAAAAAAAA！」

コレットとフェンリル。それになぜか聖女の一撃に、信じられないほど吹っ飛ばされる。

そして、こっちを憎々しげに睨んで、警戒態勢になった。

「す、凄い！　さすがお姉様がた！」

「いやいや、凄いのはラッカライ、そなたよ。ああ、あとそなたに全幅の信頼を寄せてスキルなしで防御を任せた主様もかのう……」

「へ？」

ラッカライがぽかんとする。

「スキルなし……？」

やれやれ。

「種明かしが早すぎるぞ、フェンリル……」

「我の肝がそれくらい冷えたということよ。いや、しかしそれは、我がラッカライ、そなたを侮っておった証拠かもしれぬ。許せよ。もう二度と誇り高いそなたを侮ったりはせぬゆえな」

「へ？　へ？　へ？」

ラッカライは話についていけていないようだ。

と、アリシアが割り込んできて、

「要するにですね～、この朴念仁はですね！　このお人はですね！　『無敵付与～』とつぶやいただけだったんですね～。ラッカライ君がちゃんと自分だけでゴブリンキングの攻撃を防げるって、自信を持ってもらえるようにってね！　でも、おかげで聖女さんの心臓がね、こう、きゅーっとなりましたね！　もうどうしてやろうかしら！　どうしてやろうかしら！」

ぷんすかと聖女が怒る。

むう、これほどの怒りを買うとは。

「まじで!?　無敵使っとらんかったの!?　はわわ」

コレットは普通に騙《だま》されていたようである。

まぁ、それはともかく、ラッカライは目をぱちくりとしながら、

「ど、どうしてボクにそこまでしてくださったんですか、先生……」

「君がどうしても自信がなかったようだったからな。ラッカライ」

「え？」

ふ、自分でも気づいていなかったのかもしれないな。

「君は自分では平気だと思っていた。思い込んでいたようだが、一度は憧れた勇者パーティーたちから理不尽な目にあい、あげくに山で死にかけたんだ。……本来なら君の力こそあいつらには必要なんだが、何を考えているのか、君を痛めつけて追放した。そのことがショックでないわけがないんだ、ラッカライ」

「せ、先生……」

俺は頷き、

「だから、一芝居打ってみたのさ。君が追放されたのは別に実力がないせいではない。単にあいつらが愚か者の集団だったというだけのことだ」

「せ、先生。ボクのためにそこまで……」

彼女はつきものが落ちたようになると、ぽろぽろと涙を流す。

「ボクはケルブルグの後継者です。決して人前で涙を見せてはいけないと言われてたのに……あれ、あれれ？」

涙が止まらないようだった。

俺はその涙をハンカチでぬぐってやりながら。

「たまにはいいだろう。誰だってあまりにツライ目にあわされれば泣くものだ」

「い、いいんでしょうか。ぐす」

「もちろんだ。それに、君をそんな目にあわせた奴らもきっとただでは済まんだろうな」

「へ？　先生？」

ラッカライが小首を傾げるが、俺は見えないふりをする。

やれやれ。

不出来な弟子の方には、お仕置きが必要ということなのだろう。

友人だからといって、少し甘やかしすぎたか。

「た、ただですね……」

と、俺が勇者パーティーのことを考えていると、彼女は涙を流しきったのか、すっきりとした顔をして、

「あの……勇者パーティーを追放されたことについては、今となっては本当によかったと思います！」

「へ？」

突然の発言に、今度は俺が呆気にとられた。

ラッカライは続ける。

「だ、だって先生に会えましたから！　あっ、いえ、もちろん、お姉様がたもです！　先生やお姉様がたのような素晴らしい人たちに会えるきっかけになりました。むしろボクは本当に幸運です！」

そうか。

俺は微笑む。

しかし、

「た、ただですね。一つだけまだ不安があるんですけど……」

彼女は一瞬、目を泳がせる。

なぜか頬を染めて、

「先生が凄すぎて、その～……」

「え？」

「わた……じゃなくてボクごときじゃ、その、実力が足りなくて、先生に捨てられちゃうんじゃないかって、心配でして……。あっ、でもでも！」

彼女はその考えを自分で振り払うように首を勢いよく振ると、

「ボクの槍《やり》に全てを託してくれた先生を疑うなんて……そんな自分を心底恥ずかしく思いました。あそこまでしてくれる先生が、ボクを捨てるはずありませんよね!?」

「も、もちろんだ。弟子を追放するわけないだろう？」

そんなカスみたいな真似《まね》するわけがない。

だが、ラッカライは少し小首を傾げると……、

「そういう意味じゃないんですけど、まぁいいです。言質はとりました！　うふふ。あっ、そうそう先生」

「なんだ？」

「ボクの槍を生涯あなたに捧げます」


「へ？」

どういう意味だろうか？

いや、そのままの意味か。

このパーティーで俺を守ってくれるという意味だろう。


「さて、そなたらもうええかえ？」

「痺《しび》れを切らして襲い掛かってきそうじゃぞ？」

話をしているうちに、ゴブリンキングが間合いをつめてきていた。

「もー、それにしても、アリアケさんが勘を外すこともあるんですねえ。っていうか、あの人たちが絡むと過大評価気味なんですよね」

「そんなことはないだろう……」

俺は不満げにそうつぶやいてから、

「アリシアは結界術で敵の進路を限定。フェンリルは攪乱。コレットは力を溜めておけ。それからラッカライ」

はい！　と先ほどまでとは違って堂々とした返事がきた。

「防御は全て任せたぞ」

「はい、先生！」

こうして改めて、ゴブリンキング戦が再開された。


しかし。


「アリシアお姉様のおかげで相手の攻撃が凄く単調な軌道になっていて、とっても防ぎやすいです！」

「むっふっふー、そうでしょー、そうでしょー。世界広しといえども、こうも器用に小結界を使いこなす聖女さんはそういませんよ～」

バキ！

ドゴ！

バゴン！

普通の冒険者なら何度も即死しそうな攻撃を、ラッカライはまったく恐怖を覚えることもなく、防ぎ、いなしていく。

俺に槍を捧げると誓った通り、彼女は何があろうと、このパーティーを守ろうとしてくれているようだ。

「そら、ゴブリンキングとやら、前だけではなく、後ろにも注目せんといかんのではないかえ？」

フェンリルが舞うように回し蹴りを放つと、ひざ裏へと連続で叩き込まれた。

「GUOOOOOOOOOOOOOOOOOOOOOOOOOOOOOOO！」

もちろん、それで転倒したりはしないが、急所の一つなだけあって、イラついたのかゴブリンキングの注意がそれる。

全て俺の作戦通りだ。

しかも、ここまで特にスキルは使っていない。

実は優れたパーティーはいざという時以外、スキルの使用など不要なのだ。

そう、今みたいに。

決めるべき場面以外は。

《必中》

《人型攻撃力アップ》

《クリティカル率アップ》

《クリティカル威力アップ》

《三歩破軍》

《カウンター成功率アップ》

「力がみなぎるのじゃ！」


一歩。

コレットが踏み込む。

地響き。

いや。

地割れ。

人型といえども、ドラゴンが大地を踏みしめれば崩れぬ地盤はない。

「！？！？！？」

ゴブリンキングが宙に浮いた。

二歩。

踏み込むと同時に、コレットの最も強力な部位。しっぽが体勢を崩していたゴブリンキングの顔面を叩く！

驚くべきことに数トンに及ぶその巨体はゴムまりのように跳ねた。

三歩！

宙に弾き飛ばされたゴブリンキングに、コレットは楽々と跳躍して追いつくと、おしまいとばかりに大地へと打ちつけたのである。

「GIAAA………」

三歩のうちに敵を屠《ほふ》るほどの攻撃力を与えるスキル《三歩破軍》。

それが竜の一撃ともなれば、さしものゴブリンキングもただでは済まなかったようだ。

「どうじゃ！　儂の力は！　旦那様見てくれたか!?」

喜ぶコレットだが、

「GUOOOOOOOOOOOOOOOOOOONNNN!!」

「危ないです、お姉様!?」

「ぬおお!?」

コレットの前に、ラッカライが割り込む。

「その体勢では防御はっ……！」

「然り！　ゆえに、倍にして返すまで！」

「ぬわんと!?」

コレットが驚いているうちに、ラッカライは中途半端な姿勢のままゴブリンキングの最後の命の灯火を燃やした一撃を弾く。

だが、弾ききれない。

完璧に弾くともなれば、完全に槍の芯にて捉え、防がねばならない。

中途半端な体勢では不可能。

だからこそ、

「完璧に弾くのではなく、その一撃の力を利用して相手を屠る！　聖槍スキル《カウンター！　邪龍一閃《いっせん》・壱の型！》」

がぎいいいいいいいいいいいいいいいん！

鈍い音とともにゴブリンキングの斧が聖槍にそらされる……、と同時にその反動で勢いを増した槍がぐるりと円を描くようにラッカライの手から放たれ、ゴブリンキングの首元を通過した。

そして、クルクルと回転しながら、ラッカライの手元へと戻ってくる。

と、同時に。

どさり……と。

ゴブリンキングの首と胴が分かたれ、重力に引かれるままに頭部が地面へと落下していったのだった。

「ぬおおおおおお！　なんじゃやそれ、ラッカライ！　そなためっちゃかっこいいのじゃ!?」

「い、いえ。聖槍のユニーク・スキルです。でも初めてちゃんと使えました」

「わ、儂もそういうの欲しいのじゃ。あっ、ていうか旦那様、スキル使う時、何気にカウンター成功率アップを使っていたのじゃ。あれはラッカライに対してじゃな……。ということは、ゴブリンキングが儂の攻撃では死なんと分かっておったのか？　しょぼん……」

落ち込むコレットの頭を撫《な》でながら、慰めるように言った。

「別にコレットを信じていなかったわけではないさ。ただ、ああいうボスには即死耐性持ちがいるからな。念のためだ」

「そ、そうなのか？」

「うむ。それにやはり、素手の一撃でゴブリンキングを瀕死にするほどの力はお前にしかないよ」

そう言うとコレットは機嫌を直したのか、にゃははは！　と朗らかに笑った。

「やれやれ、さすが主様よな。全て主様の意のままというものよ」

「無茶しますね〜。はーい、とにかくあっさりと国家転覆？　世界征服？　の野望を壊滅させましたので回復しますよー。はい、エリアヒール♬」

聖女の心地よい回復魔法が振る舞われた。


「ま、とにかく、これで終わりだな、皆、ご苦労さん」

俺の言葉に皆「お疲れ様でした」という返事をした。

とその時、

『ぷつり』

ラッカライの髪の毛を束ねていたリボンが、ゴブリンキングとの戦闘で消耗してその役目を終えた。

すると、ラッカライの綺麗《きれい》な黒髪が、重力に逆らえずに『ハラリ』と垂れる。

彼女の髪は、以前出会った時よりも少し伸びていて、肩くらいの長さになっていた。

汗をかいて鬱陶しいのか、それを少し手で払う。

と、その時である。

「…………あれ？」

アリシアがラッカライを見つめながら、驚いたような声を上げた。

「あれ、あれ、あれれれれ？？？？」

まじまじと髪の毛をほどいたラッカライの全身を見る。

「ど、どうされたんですか、アリシアお姉様？」

ラッカライは驚いているようだ。

だが、アリシアはそんな様子に構うことなく、確信を得たように頷き、そして深く目を閉じると、

「ラッカライ君!!　あなた女の子ですね!!」

「な、なんじゃとおおおおおおおおおお!?」

コレットも絶叫した。

「……あれ、言ってなかったかな？」

「聞いてません!?」

「あ、我は知っておったゆえ、楽しませてもらっていたぞよ。ふふふふ」

俺は絶叫する二人の少女と、ニヤつく賢狼《けんろう》と、気づかれたことに慌てふためく一人の少女を前に、
首を傾げるのであった。

～アリシア視点～

はわわわわわわわ！

どうしましょう、どうしましょう！

この聖女さん、最大の不覚です。

コレットちゃんだけでも「ああ、私、二番手確定じゃないですか～（泣）」と確信し、そして「せめて、二番ポジションはキープ！　アリアケさんを後衛で守るポジションは絶対キイイイプ！」と思って、大教皇様への説明もそこそこにダッシュで戻ってきたというのに！

気づかなかった！　まさか女の子なんて！　可愛《かわい》い男の子が加入したな～、くらいに思っておりましたのにぃ！

ああ、まさか、女の子だったなんて！

しかも、髪の毛をほどいたら超絶美少女！　聖槍でアリアケさんの背中を守る後衛型の美少女！

くうう、それがまたポイントが高い！　聖女さん的にも及第点！

しかも、しかも、しかも、しかも。

『槍を捧げる』

あれって、あれって。

男性が言うならまだしも、女性が言う意味って、アレですよね？

かー！　どうして、アリアケさんは気づかないのですか!?

なんて朴念仁!?

犯罪的朴念仁!!

ああ、それにしても。

ラッカライちゃん。

中性的で声も綺麗で、しかもよく見ると動きが洗練されています。

何やら、貴族の令嬢のような、そんな気品を感じます！　田舎者の私には、またもないものです！

私、三番手になってしまうのですか!?

あっ、そういえば、コレットちゃんの様子はどうでしょうか、ちらり！


～コレット視点～


ひょええええええええ！

なんということじゃ、どうしたらいいのじゃ!?

儂ともあろうものが、まさかライバルの存在に気づかないとは！　最強ドラゴンの末姫失格じゃ!?

アリシアだけでも「ああ、儂、これ二番確定なのじゃなぁ……（諦）」と思って、じゃからこそ「アリシアにはない旦那様を正面で戦って守る」というポジションは絶対に死守すべく戦っておったのに！

気づかなかった！　まさか女子《おなご》じゃったとは！

しかも、髪の毛をほどいたら美少女になるという、超絶技巧を駆使するタイプ！　絶大なる女子力！

そのうえ、そのうえ、『戦う』といっても前衛だけではない！

旦那様の『背中を守りながら戦う』という、そんな奥ゆかしいスタイル！

ぬあああああ！　頭の悪い儂には絶対にできぬなんという、いじらしき戦闘スタイルなのじゃ！

うらやましい！　やってみたいけど儂には向かぬ！　できぬ！

し、しかも、さっき儂を守ってくれたし。

人としての格も大きいと認めざるをえない！

わ、わわわ、儂ってば、やっぱり、三番手になってしまうのか!?

か、肝心のラッカライの様子はどうなのじゃ!?　ちらちらちら！

～アリアケ視点～

「あ、あの……」

突然、混乱し出したアリシアとコレットの様子にドギマギとした様子で、ラッカライは口を開いた。

「た、確かにボク……。いえ、私は女の子です。非力かもしれません。で、でもっ……」

彼女は決意するように、

「アリアケさんや、そしてパーティーに快《こころよ》く迎え入れてくれたアリシアお姉様やコレットお姉様、フェンリルお姉様たちに迷惑をかけないように、一生懸命尽くしたいと思います。力は女の子だから弱いかもしれません。でも、どんな敵が来ても、皆さんの背中を私は守ります。いいえ、守らせてください！」

そう言って心配そうながら、決意を込めた瞳で俺たちを見たのだった。

恐らく、またパーティーを追い出されるかもと思ったのだろう。

しかし、

「わ、私は自分が恥ずかしい。こんな小さな少女が私たちのことを守るって言ってくれてるのに……。私、自分のことばかりでした……。二番手ポジションのことばかりでした。ええ、ええ、聖女さんは反省しましたよ！　だから、ここに誓いましょう。私もね、ラッカライちゃん、あなたの心を大切にし、そしてあなたのことを必ずや守ってみせましょう。私の大事な仲間として。いいえ、妹として！」

「ア、アリシアお姉様……」

ラッカライが頬を赤く染めた。

「儂もじゃ……。よもやドラゴンの末姫なのに三番目とか、そんなことばっかり考えてしもうた。ドラゴンの誇りって何それ？　みたいに狼狽《ろうばい》してしもうて、めっちゃ猛省した。誇り高いのはそなたの方であったな。さっきも守ってくれたし。……ゆえに、このゲシュペント・ドラゴンの末姫もここに誓おう。儂らは姉妹じゃ。どんなことがあろうとも、固く絆を結び、嘘《うそ》を吐《つ》かず、決して裏切らぬ。儂らはともに最後まであろう！」

「コレットお姉様……。は、はい！　私なんかを受け入れてくれてありがとうございます！」

涙声でラッカライが言った。

よかった、よかった。いきなり混乱し出した時は何事かと思ったが……。

「いやあ、よかったのう。丸く収まってホッとしたぞえ」

「フェンリル！　あなたは分かってたんなら最初から言ってくださいよ!?」

「いやいや、まぁ楽しんでおったのは確かではあるがの。ラッカライも自分からは決して言うまいと決意しておったようであったしな。無粋なことはできぬよ」

フェンリルは分かっていたらしい。全て承知しているとばかりに頷いている。

ただ、俺にはアリシアやコレットが言う、二番とか三番とかが、何を意味するのか、まったく分からないのだけど……。

「あの、ところで、女性陣の皆さん。今日あたりは一緒のベッドで眠りませんか？　もっと仲を深めましょう。……あと、姉妹なのはＯＫなのですが、少しですね、腹を割ってですね……ちょっと話した方がいい気がするのですよね……そろそろ」

「あっ、うん。そうじゃなぁ。儂もそれ、思っとった……」

「えっと、あ……。そういう……。は、はい。分かりました。お姉様がた……」

「えっ、我もか？　我は別に何番でもいいのだがのう……」

とかなんとか言いつつ、四人がお互いの顔を意味深に見合わせると目を伏せたのだった。

……ん？

「何を話しているんだ、お前たち？」

途中から話の内容がよく分からなかったが……。

「いえ、なんでもありません、アリアケさん」

「なんでもないのじゃよ、旦那様」

「女の子には色々ありましてですね、先生」

「詮索は狼に蹴られるぞえ？」

むう。

なんだか男の俺は蚊帳《かや》の外らしい。

まあ、しょうがないか。

女性には女性の世界があるのだろう。それに立ち入ろうとするのは野暮というものだ。

と、そんなことを思っていると。

「私たち四人で、アリアケさんを、守りましょうね」

遠くで何やらヒソヒソと、少女たちがささやき合っていたようだが、その声は小さすぎて、俺にはよく聞き取ることができなかったのだった。

～一方その頃、×××××は～

『聖槍がそろそろベルタへと至るか？』

『はい……×××××様』

『勇者から離反したのは誤算であったな。本来ならば使い手の心を黒く染め、意のままに操る計画であったが……。かの海の神性を解き放つために……』

『あのアリアケが偶然ながら拾ったようです』

『……あの者か。なぜか奴が動くと世界の命運がともにしているように見える。ただの無能だと報告を受けていたのだが……』

『いかがいたしますか？』

『慌てることはない。奴が有能ならば、聖槍の使い手は奴のもとで成長するであろう。勇者では荷が重かったであろう。だが、勇者が無能であるならば、それはそれで使い道があるというものだ。計画に修正はない』

『御意のままに』

『くく……くくくく……。御前試合が楽しみだ』

昏《くら》き洞窟の片隅で、暗黒にのまれた者どもの、暗い笑いが響いていた。

5、一方その頃、勇者ビビアはかつての弟子を思う

俺たち栄えある勇者パーティー一行は、王都『パシュパシーン』から海洋都市『ベルタ』へ到着していた。

海洋都市『ベルタ』は実際に海上に存在する大都市であり、本土に続く道はわずかにあるだけだ。

そして俺たちは今、街を挙げての歓迎パレードの最中だ。俺たちを乗せた馬車が中央通りを通ると、老若男女でごったがえした沿道に歓声が広がる。

「きゃー勇者様ぁ！　かっこいいー！」

「御前試合、頑張ってー！」

「こっち向いてー！　アリアケなんか一撃よー！」

くく、くくく……。

「ぬあーっはっはっは！　当たり前だぁ！　ああー、これだよこれえ！　これが大衆どもの正しい姿ってぇやつだぁ！　俺の勝利と栄光を疑う必要なんてねぇんだからなぁ！」

「本当ですわ！　私たちに敗北などありえないのですから！」

「うむ、大陸最強の俺たち勇者パーティーという英雄を迎えるに正当な態度というものだなぁ！」

「やっぱコレだよね！　勇者パーティーはコレがなくっちゃねえ!!」

王都から離れたここ海洋都市『ベルタ』には、根も葉もない、俺たち勇者パーティーに関する悪い噂《うわさ》はまだ流れてきていないようだった。

目をキラキラさせて羨望の眼差《まなざ》しを向ける下々の奴らの、なんと可愛《かわい》らしいことか！

だが、この羨望と尊敬はこの街だけのものではないんだ。

（ぎひひひひひ）

ついつい溌剌《はつらつ》とした笑みがこぼれてしまう。

何せ、明日行われる御前試合で全てが元通りなのだ。俺たち勇者パーティーの根も葉もない嘘《うそ》、悪評が吹き飛び、輝かしい未来が訪れる！　アリアケに勝利することは既に決定した未来！　俺たちが再び尊敬と羨望の眼差しの中で、名誉と金と名声、全てを取り戻す未来は目の前に来ているんだ！

（し・か・も・だ！）

俺は更に唇を歪《ゆが》める。

王国の情報筋によれば、俺たちが追放したラッカライ……あのクソガキが、よりにもよってあの無能ポーター、アリアケの弟子になったのだと言う。

そして、更に更に、明日の御前試合には、ラッカライとアリアケの二人が出場するらしい。

「くひっ！　くひー！　あーっははははははははははははは！」

いかに俺が自制心の塊といえども、嗤《わら》わずにはいられない！

だが、おかしいのは二人が出場するということだけじゃない。

「よりにもよって、無能が無能を育てようとするだとぉ!?　ああー！　笑わせてくれるぜええええ!!　俺を笑い殺す気かよぉおおおおお!?」

そういう高度な作戦じゃないのかと、本気で信じるほどの悪手！

何を血迷ったのだろう、あの馬鹿は！

よりにもよって、あんな無能を弟子にして、しかも御前試合に出そうとするなんて！

俺はパレードの歓声に酔いしれつつ、約束された明日の勝利の美酒を既に味わい始める。

しかし、そんな俺にローレライが半眼で言う。

「あの、さすがに油断大敵ではないですか？」

「油断？　く、く、くくくく!!　くはははははははぁ！　ぎひいひひひひひ！」

ローレライの俺を心配してのその言葉に、思わず笑ってしまう。

だが、ローレライがなぜか俺から距離をとるように広い馬車の隅へと移動した。

座り心地でも悪かったのだろう。

俺は彼女に声が届くよう大声で言う。

「ラッカライには才能がまったくない！　だから、成長なんてするはずがねえ。何せ俺でさえ、育てることがまったくできない無能だったんだからなぁ！」

そう言って唇を激しく歪める。

しかし、ローレライは眉根を寄せると、

「あれは修行と言えるんですか？　本気で襲い掛かっただけじゃないですか」

そう言って不満そうにした。

やれやれ、分かってねえなぁ。

「ま、確かにちーっとばかり厳しすぎたかもしんねえなあ。……だがなぁ、戦いってのは厳しいもんだ。本気でやるからこそ俺には分かったんだよ。あれは無能だ。絶対に成長しねえ」

そう断言する。

ああ、これだけは間違いねえ。

まあ、確かにあの時は、俺の攻撃をズルでかわしたから、ちょいとばかりムカついて、少しだけ、ほんの少しだけ本気で揉《も》んでやった。

だが、そのおかげで、あいつの実力が測れたのも事実だ。

何せ俺は勇者。誰よりも優れた人間だ。当然ながら、人を見る目は確かだと、確信をもって言える。

「これだけははっきりと言える！　あいつに成長の余地なんてねえ。腕力も魔力も足りない奴に、成長する余地はまったくねえ！　神にだって誓えるぜえ！」

俺はそう言ってから、

「奴が出るなら楽勝だ、楽勝。くぁーっはははははははは！　また究極的終局乱舞《ロンドミア・ワルツ》で一撃だぜ!!」

そう約束された未来を宣言したのであった。

しかし、ローレライはなぜか頭痛がするといった様子で、

「ああ、もう……。皆さんもなんとか言ってください！　油断こそが戦いにおいて最大の敵であると！　前回だってそのせいで散々なっ……」

すると、

「まあ、無理もあるまい」

そう言ってエルガーが穏やかな表情で頷《うなず》きつつ、

「あの卑怯で愚劣な回避型防御をする軟弱者だ。いくら修行しても筋肉はつくまい。成長の余地はないし、俺と防御を競えば、間違いなく俺が勝つだろう」

「まーったく、あなたは筋肉ばっかりねえ、エルガー」

はぁ、とデリアが呆《あき》れたとばかりに口を開いた。

「まあ、でも確かにあの子が成長してるわけないわね。あの子はあくまで防御型の槍《やり》使い。ペアで出るアリアケも後衛。どちらも背中を守っているようでは、文字通り戦いにならないわ。お笑い種ねえ。まさかこの一か月程度で攻撃ができるようになってるわけないいし。し・か・も、私は防御貫通のユニーク・スキル持ち。出場したら、二人まとめて叩きつぶして一瞬でオ・シ・マ・イでしょうねえ……」

そう言ってから、ニンマリと唇を歪め、

「ああ、それにしても、これで御前試合の賞金も入るし、勇者パーティーの人気も盛り返す。そうしたらまた沢山の宝石が買えるのね！　うふ、うふふふふふ」

こらえきれないとばかりに、笑い出した。

するとポーターのバシュータが
「あの、さすがにまだ戦ってもいないのに、皮算用が過ぎるんじゃないですか？」

そう口をはさむ。

だが、その言葉をプララが一笑に付した。

「バシュータ、あんた心配しすぎなんだよ！　前衛で誰か戦ってくれたら、後衛からバシバシ魔法撃つからさ。あのラッカライが複数攻撃に弱いことはあたしら三人でボコった時に実証済みじゃーん。その欠点をこの短期間で克服できてるわけないっしょー。アリアケは後衛だしい、ってことは～、前衛の誰かとあたしの魔法でボコれば余裕ってわけ！」

そう言ってから、

「ていうか、ああいう特別な力みたいなの持ってるのマジホントむかつくんだよねえ……。誰が上かはっきりさせてやんないとね。ああん、もう一回自分の立場教えてやれると思うとぞくぞくしてきちゃったよ。きゃはは♫」

目をスッと細めて微笑《ほほえ》む。

ローレライがなぜかガックリとうなだれた。

「ああ、もう！　全員油断しかしてないじゃないですか！　戦いの前なんですから武器を研《と》ぐなり、トレーニングするなりやることは沢山あるでしょう!?」

はぁ～？

なんでンなことしなくちゃいけねえんだよ～。

「それより飲みに行こうぜー！　久々の晴れ舞台だ！　明日にはまた俺たち勇者パーティーの栄光が再開するんだからなぁ！　たかだかラッカライを倒したくらいでなぁ」

「ああ、そうだな！　俺たちは国の剣と盾！　出来損ないの軟弱者に使う時間などない！　英雄らしく街を闊歩《かっぽ》するとしようか。筋肉を魅せながらな！」

「私も久しぶりにショッピングにでも行こうかしら。最近は下々の者たちの、私を称賛する声を聴けてないから欲求不満だったのよねえ。雑魚のラッカライと戦うより、そっちをしないと調子が出ないわ～、あの少年より、私の体調不良の方が大敵ってものよ。ね、どうプララ、一緒に？」

「いいねえ！　ラッカライとアリアケだったら楽勝そうだし、それにあたしネイル綺麗《きれい》にしときたいんだー。あいつら相手だったらネイルの心配しなくていいからね！　勝負に勝ったらまた世間があたしたちを英雄扱いしちゃうからぁ。今の内にちゃーんと身綺麗にしとかなくちゃだよねえ。いひひひ」

「その通りですわ。うふふふ」

デリアとプララはお互いに微笑み合う。

「も、もう……なんだか頭痛と吐き気がしてきました」

「おいおい、大丈夫か？　まあ、無理もない。この勇者の人気のせいで、これほどの人ごみなのだからなぁ」

「………うっうっ、どうしてこんなことに」

どうやら泣くほど嬉《うれ》しいらしい。

俺は更に喜悦に浸りながら、群がる大衆どもに手を振る。

俺たちへの歓声は途切れることなく、大通りの行進が終わるまで続くのだった。


パレードを終えた俺たちは、街で一番高級な宿に通された。

俺が一番上等な個室でくつろいでいると、唐突に部屋のドアがノックされる。

「ああん、誰だよ？　って、ああワルダーク宰相、あんたか」

どうやら、王国の英雄たる俺にわざわざ会いに来たらしい。

「明日の準備は整っているか？」

「当然だ！　無能と無能の組み合わせ！　俺が負けるはずがねえ！」

俺はそう言って唇を歪める。

だが、ふと妙案が浮かんだので、それをワルダーク宰相に伝えた。

「…………。ってわけだ。どうだ、できるか？」

「……まあ、ルールを拡大解釈すれば可能かもしれんが……お前はそれでいいのか？　プライドとか……」

「は？　何がだ？　ま、あいつらは何かズルをするかもしれねえからなあ。万が一の保険ってやつよ」

「……そうか。お前がいいなら何も言うまい。それに、確かに、保険は重要だな。では、お前にこれを渡しておこう」

そう言うと、ワルダークは懐から奇妙な形の石を取り出した。

「うげ!?　なんだよ、これ!?」

俺は思わず悲鳴を上げる。

ワルダーク宰相が取り出したのは、握り拳ほどの緑色の石に、奇妙な目玉が付いた、意味不明の物体だったからだ。

「切り札だ。いざとなったら使うといい」

俺はゲンナリとしながらもそれを受け取り、

「どうやって使うんだ？」

「よく効く薬のようなものだ。ピンチになった時に飲み干せ。そうすれば形勢逆転できるだろう」

うげえ。だが、まあ、なるほどな。超回復薬みたいなもんか。良薬は奇妙な形のモンが多いからなぁ……。

「ふん、まったく心配性なおっさんだぜ。俺たちが負けるはずねえってのによ！　……だが、俺たち勇者パーティーの復活の機会をくれたことだけは感謝してるぜ。まあ、この勇者ビビアが……国の命運を託された俺という尊い存在が、あんたの期待に応えてやるために仕方ないから受け取っておいてやるよ！」

俺はそう言うと、その奇妙な薬を懐にしまう。

するとワルダークは、

「その通りだ」

そう言って笑った。

ん？

俺は首を傾《かし》げる。

そういえば、こいつがこんな表情を見せたのは、これが初めてだったな、と。そう思ったのだった。

「君は、我々の切り札、なのだからな」

そんな当たり前のことを言うと、やはりもう一度笑ったのだった。

「そう、期待しているぞ？　勇者ビビアよ」

6、御前試合　開始

～アリアケ視点～

御前試合当日になった。場所は海洋都市『ベルタ』に設けられたコロシアムだ。観客は超満員、王族もはるか上方の特別席でご観覧といった具合だ。

俺とラッカライはフィールドに立っている。

そして、アリシアとコレットは後方のやや離れた位置で見守るようにしていた。なお、アリシアは顔を半分フードで隠している。何せ有名人だからだ。あまり大聖女を連れまわしている賢者パーティーなどと噂《うわさ》をされて注目を集めるのは本意ではない。目立ちたくないのでな。

一方、勇者パーティーの方は、勇者ビビア、拳闘士デリア、戦士《タンク》のエルガー、魔法使いプララ、回復術士ローレライ、ポーターのバシュータがフィールドに立っていた。

向こうからは、誰が出場するのか詳しく聞いていないが、見たところビビアと回復術士ローレライが出場するようだ。

（元々は久しぶりに再会する勇者パーティーの様子見と、少し鍛えてやることが目的だった）

しかし、

（今は違う。何より、ラッカライに対して行った仕打ちを反省してもらわねばな）

さて、戦いの進め方としては、①まずは俺が勇者パーティーがどれほどの力をこの期間で成長させたのかを軽く矛《ほこ》を交えて見極めた後、②弟子のラッカライとも戦ってもらうつもりであった。

と、そんなことを考えていると、勇者ビビアがいやらしく口を歪《ゆが》めながら言った。

「アリアケぇ。お前みてえな無能がよくこんな華々しい場所にノコノコと出てこられたもんだなぁ。ええ～、この勇者パーティーを追放された無能のくせによぉ～。こんな大勢の前で恥をかかされるのに平気だなんて、頭がおかしいんじゃねえのかぁ～？　ああーん？」

そう言うと、更に鬼の首を取ったように、

「しかも、俺の追放した無能弟子のラッカライを、無能なお前が拾うとはぁ、なんの冗談だぁ！　無能が無能を育てるってか？　わーはっはっはっはっはっは！　成長の余地なんてまったくねえじゃねえか！　無能はいくら集まっても無能！　俺の勝利は今の時点でもう確定したようなもんだ！

この大陸の希望であり、魔法討伐に最も近しい勇者ビビア様のなぁ！」

そんな意気揚々とした勝利宣言をスタジアムの中心で雄たけびのように叫んだ。

「きゃー、勇者様ー！　素敵よーー！」

「この世界の希望だわ！　最高！」

「さすが勇者様は風格からして違うわ！　なんてたくましいの！」

大衆たちがドッと沸き、黄色い声援が飛び交った。

その声援に勇者は唇を更に歪めて笑うと、

「あーっはっはっははは！　ったりめえだぁ！　聖剣ラングリスの正当なる選定者、勇者ビビア様が負ける確率なんてこれっぽっちもねえ！　あるとすれば、強すぎることに嫉妬した神様が俺を罪な男となじることくらいだなぁ！」

そう言って聖剣をかかげると、コロシアムの熱狂は更に高まった。

それと同時に、俺への罵声も飛び交う。

「そんなヘボポーター吹っ飛ばして〜！」

「勇者パーティーの足を引っ張って、冒険を阻害してきた無能なんてやっつけちゃって！」

「よく御前試合に顔なんて出せたわよね！　ずうずうしい！」

そんな罵声の嵐の中にあって、

「信じております、救世主アリアケ様！　エルフ族一同、アリアケ様の勝利を心より確信しています！」

エルフ族の姫君セラ。まったくだな。また森を抜け出してわざわざ来たのか。

「世間の噂なんてくそくらえだ！　アリアケの旦那!!　頑張ってくださせえよ！　全額あんたに賭けましたぜ！」

恐らくメディスンの街で助けた冒険者たちだろう。呑気《のんき》な奴らだ。

「獣人族一同、ご主人様の凱旋《がいせん》をお待ちしています！」

獣人たちか。ていうかご主人様ではないのだが……。

ともかく、俺のことを知る者たちがあらん限りの声援を送ってくれているようだ。……が、多勢に無勢。その声はあまりに小さく、罵声にかき消されてしまうほどのものだ。

勇者はその様子を見て、侮蔑する視線を寄越す。

「人望がねえなあ。アリアケえ。まったくお前への声援がねえじゃねえかあ。一方の俺への声援を聞いてみろよ！　これだよ、これが本当の俺の力ってわけだ。優れているからこそ、これだけ大衆が支持し、俺に熱狂するんだ！　はははは！　やっぱり俺はすげえ！」

ビビアは熱に浮かされたように言う。

だが、俺は首を横に振りつつ、

「俺に対する声援は、俺のことを本当に信じた者たちの声援だ。彼らエルフや獣人といった種族全体からの声、俺が命を救い英雄の姿を目の当たりにした冒険者たち。そんな奴らの心からの声だ。それは百万の価値がある。お前のが受けているものとは違うものだ」

「かははは、つまらねえ屁理屈しか言えねえとはな！　それにとんでもない嘘《うそ》つきやがって！　種族の応援？　身勝手な冒険者たちの声援？　んなもんあるわけねえだろうが！　勇者パーティーを追放になるような無能にそんなことできるわけねえ！」

そう馬鹿にするようにビビアは言った。

すると、

「そんなことありません!!　一緒にいれば分かるはずです!!　アリアケ先生のおっしゃることが全

て真実だと！」

ラッカライが堪《たま》らず、といった具合で反論する。

しかし、

「は～？　才能なしが吠《ほ》えんじゃねえぞ、ああ！」

恫喝《どうかつ》するようにすごんだ。そして、

「へへへ、今からでも後ろに控えてる奴らに代わった方がいいんじゃねえかぁー？　ま、そいつらも大したことねえんだろうけどなぁ」

そう後ろのメンバーを指さして、嘲笑《あざわら》った。

すると、それに乗じるように、デリア、エルガー、プララがニヤニヤしながら口を開く。

「ていうか、後ろの人たちも含めて、私たちのパーティーの下働きでもしたらどうかしらねえ。無能アリアケなんかについていてないで」

「うむ、それがいい。そんな軟弱な男についていってもろくなことはないぞ。やはり筋肉がないとな」

「あたしのお世話させてあげるよ。やっぱ美人のあたしには、美しい下働きがいると思うんだよねえ。見た感じ、顔だけはよさそうじゃん。一人はフードかぶってっけど！」

彼らの言葉に、ビビアはクククと笑いながら、

「ってことだ。どうだー、お前ら、勇者パーティーの優しい提案だぞ。今なら俺たちの下僕にしてやってもいいんだぜえ」

そう言って見下すように言ったのだった。

だが、フード《ア》の《リ》女《シア》は、

「残念ながら、この方から離れる気は終生ありませんので」

と言うと、

「儂《わし》もじゃよ。末永く一緒におることは既に契《ちぎ》りにて決まっておるのでな」

額に角を生やした少女《コレット》もそう言った。

……終生？　契り？

「我もそうよな。また痛い目を見たくなければ黙っておるがよいぞえ」

なんだか話が大きすぎるような気がするが……。

「はあ？　ま、まあ、そんなこと言ってられるのも今の内だがな！　そいつはすぐに情けなく敗北するんだからよお」

そう言ってビビアがいやらしく笑う。

やれやれ、少しおしゃべりが過ぎるな。

「おいビビア、戦いの前のおしゃべりは敗北を呼び寄せるぞ？　そう教えたろう？」

「くくく、くひひひひ。情けない奴。これだけ言われても、そんなくだらねえ反論しかできねえのかよ。まったくつまらない奴だぜ」

失望したとばかりに肩をすくめた。

「反論も何も必要ないだろう。いつも通りにやるだけだ」

「かはは、それくらいの強がりがせいぜいってか！」

そう言って嗤《わら》うと、ビビアはぽつりと、

「ぎひひひ、これは俺たちの勝利確定だな。アリアケの奴ぶるっちまって、ろくに反論もできねえ」

内心を吐露するようにつぶやく。

と、そんなおしゃべりもそこまでだった。審判が出てきて、戦いの幕を切ろうとする。

「それでは御前試合を開始する。出場者は前に！」

その言葉に俺とラッカライは前に出る。

勇者ビビア、ローレライも前に出た。

勇者はいやらしく笑いながら、

「いきなり必殺技でＫＯだ。へへへへへ、これで俺たちの栄光は取り戻される」

「では、御前試合を始める。双方、王の目を汚さぬ素晴らしい戦いを披露せよ。では………始めええええええ！」

ワッ！

大衆が沸き立った。

「うおおおおおおおおおおおおおおおおおおおおお!!　喰らええええええええええええええええ!!　煉獄打突武神剣《オーロラ・バーストエンド》ぉぉぉおおああああああ!!」

ドドドドドドドドドドドドドドドドドド！

「はーっはっはっは！　聖剣に魔力を集中させポテンシャルを解放させ、いかなる敵をも消滅させる超強力な波動を放つ聖剣所持者のユニーク・スキルだあ！　かわせるわけがねえええええ！終わりだあああああああ！！！！！」

その一撃は勇者の哄笑《こうしょう》とともに、コロシアムの石を吹き飛ばしながら俺たちへと迫る。

だが、

「《鉄壁付与》」「《剣攻撃ダメージ軽減》」「《防御力アップ》」「《飛び道具ダメージ軽減》」

スキル同時使用によって、身体を強化する。

これで、そもそも、相手の攻撃をかわす必要がなくなった。

だから、俺はそのまま奴の攻撃を弾《はじ》き飛ばしながら、真っ直ぐに勇者へと突っ込む。

そして、

「《杖《つえ》攻撃アップ》」「《物理攻撃アップ》」「《クリティカル率アップ》」

自分に支援スキルを使用すると同時に、

「このド阿呆弟子が！　少しでもラッカライの受けた痛みを受けてみろ！」

バッゴオオオオオオオオオオオオオオオオオオオオオオオオオオンン!!

「うっぎゃあああああああああああああああああああああああああああああああああああああああ!?!?!?」

ゴロゴロゴロゴロゴロ!

俺の杖で思いっきり鳩尾《みぞおち》をぶん殴られた勇者ビビアは、コロシアムの床を泥だらけになりながら転がっていく。

「ぶべあああああああああああああああああああ!?!?!?」

悲鳴が止まることなくコロシアム中に轟《とどろ》き、
ドッゴオオオオオオオオオオオオオオオオオオオオオオオオオオオオオオン!

壁に激突することでやっと止まった。

「お、おえ。おえええええええええええええええええええええええ。うええええええええええええええええええ。ゲえええええええええええええ」

と、勇者は予想だにしていなかった反撃と鳩尾へのダメージで、御前試合にもかかわらず、衆人環視のもと、涙と唾液をダラダラとその場で垂れ流し始めた。

「ひっ!?」

「や、やだ……汚い……」

「気持ち悪い……」

観衆は静まり返るとともに、先ほどまで黄色い声援を送っていた女性たちから悲鳴じみた声が上がった。

「こ、これは……な、何かの間違いよ……」

デリアの絞り出すような声が響いた。

その声は、げえげえといまだ吐くようにして、顔を涙と苦痛でぐしゃぐしゃにする勇者の嗚咽《おえつ》と一緒になって、スタジアムによく響いた。

そして、観客の一人から、

「あれ？　勇者様……？　まさか、一瞬で……負……け……た？　あれだけ大口叩いてたのに……ザ……コ……？」

そんなつぶやきが漏れたのだった。


～ラッカライ視点～


す、凄《すご》い！　さすがアリアケ先生だ！

私《ボク》は先生の無駄のない動きに感動していた。

勇者の攻撃は確かに強力なユニーク・スキルだったけれど、先生は鮮やかな多重スキルの行使で完全に無効化してしまった。

逆に勇者のその必殺技は明らかに隙があるから、無効化さえしてしまえば無防備になる。先生はすかさず自分にスキルをかけて杖による物理攻撃を繰り出した！

ああ、本当に無駄のない完璧な動きだった。さすが私《ボク》の先生……。思わず頬が熱くなる。

ていうか、私のためを思って勇者を倒してくれたんだ。

そう思うと、なんだか頭がくらくらしてくる。

ああ、先生……。

おっと、ぼーっとしてる場合じゃない。

ボクはしゃきっとする。

勇者は先生から喰らった一撃で、王族や大衆の衆人環視のもとで、

「うげえええええええええええ。うっうっ……おえええええええええええ」

と、地面に涙とあらん限りのよだれを吐き出している始末だった。……ボクだったら二度と立ち直れないほどの恥ずかしい状況……。

そんなことを思っていると、デリアさんやエルガーさん、プラさんはその光景が信じられないといった風に、

「こ、これは……な、何かの間違いよ……」

「あ、ああ。そうだ。煉獄打突武神剣《オーロラ・バーストエンド》は勇者の所持するユニーク・スキルの中でも最速の技だ。万

に一つも見破られるはずがない」

「だよね……。確か究極的終局乱舞《ロンドミア・ワルツ》より高速で、隙のない超必殺技なんだし……」

なんて言っているのが聞こえてきた。

ボクはその言葉に思わず首を傾《かし》げる。

隙がない？

何を言っているんだろう。

（隙だらけだったと思うんだけど……）

ボクはさっき観察した技を鮮明に思い出しつつ、

（だって、以前、勇者から受けた究極的終局乱舞《ロンドミア・ワルツ》は、見切るのもギリギリだった。でも、さっき見た煉獄打突武神剣《オーロラ・バーストエンド》は、あれより格段に遅く見えたし……っていうか正直、さっきのくらいだったら、ボクにだってかわして反撃できそうな程度の技だったと思ったのだけど……）

そんなことを考えたのだった。

でもその時、アリアケ先生が、

「ビビア、手加減しているのか？」

と言ったんだ。

「いや、さすがにそうに違いないか……。そうだろう！　勇者ビビア！」

先生は何度か頷《うなず》いてから、まだ吐いている勇者へと声を掛ける。

すると、勇者は悔しそうに顔を真っ赤にしながらも、

「くっ!? しょ、しょ、しょ、しょうだ! う、おえ、ぐえええええ……」

そう先生の質問に、息も絶え絶えといった様子で肯定したのだった。

「ふむ、やはりな」

先生は納得する。

ボクも同じく、

「そ、そうだったんですね……」

そうつぶやいた。なるほど、どうやら本気ではなかったらしい。

(そうだよね、前の時よりずいぶん弱かったみたいだし……)

そんなことを考えていると、ローレライさんに回復魔法をかけてもらった勇者が、フラフラといった様子で立ち上がり、

「お、俺はラッカライと戦うつもりだったんだ! それを、アリアケ、てめえ、でしゃばりやがって!!」

突然そんなことを言い出したのだった。

「そうだったか? 明らかに俺に向かって衝撃波が飛んできたような気がするが……?」

「か、勘違いだ! この卑怯者め! 反則だ! 責任をとってラッカライと一対一で戦わせろ!」

へ?

ボクと一対一? 急な主張に頭がついていかない。

「う〜む……」

先生は、よく分からない勇者の主張を吟味されているようだ。

本当に先生はどんな時でもしっかりと考えを巡らせる。

その姿は本当にカッコいい。思わず胸が温かくなる。

「反則反則反則反則反則反則反則反則！」

一方の勇者は、反則反則と子供のように喚《わめ》き続けていた。

とはいえ、観客たちも勇者の主張の激しさにあてられたのか、

「そうだ、反則だ！」

「アリアケは勇者の主張を認めろ！　この卑怯者！」

などと言った罵声を上げる。

「やはり認めるわけには……」

思った通り、先生は断ろうとした。

でも、

「いえ、やらせてください、先生！」

ボクは初めて先生の言葉に割り込んだんだ。

「ラッカライ？」

先生は訝《いぶか》しんだ表情をするけど、

「ボ、ボクの……。私《わたし》の先生が反則だなんて、卑怯者だなんて言われるのが我慢できません！」

我儘《わがまま》を言ってしまう。先生は思った通り困った顔をした。

しかし、

「ほーれ、ラッカライの野郎もそう言ってるぞ～？　お前は弟子のことを信じられないのか～？　あぁーん？」

勇者が、今だけは絶妙なタイミングで割り込んでくれた。

優しい先生は、そう言われたら、認めざるを得ないだろう。

私《わたし》のことを一番認めてくれている人なのだから……。

「ふむ……。そこまで言うなら仕方あるまい。だが、無茶はするなよ？　俺は君の才能を知っているが、まだ成長の途上なんだから」

「ありがとうございます！」

どこまでできるか分からないけど、恥ずかしくない戦いをしよう。そう決意して私《わたし》は微笑《ほほえ》んだのだった。

～勇者ビビア視点～

（くはー！　馬鹿な奴だぜえ！）

俺は思わず「しめた！」と内心で有頂天になる。

（ラッカライの野郎なら楽勝じゃねえか！）

思わず内心でせせら笑う。

あんな成長余地のない無能なら勝ったも同然だ！

（あの無能には究極的終局乱舞《ロンドミア・ワルツ》で十分だろうが、くくく、煉獄打突武神剣《オーロラ・バーストエンド》を使ってやる。きひひひ、究極的終局乱舞《ロンドミア・ワルツ》を防げなかったラッカライにゃあ、まず防げねえ。そして、煉獄打突武神剣《オーロラ・バーストエンド》はそれを上回る速度と威力。見えねえだろうし、防ぎようもねえって寸法だぁ！）

し・か・も・だ。

奴には攻撃手段すらねえんだからなぁ！　もはや詰んでる！　どんだけ無能なんだよって話だ！

俺は思わず腹がよじれそうになるのを耐える。

（だが、ラッカライは生かさず殺さずの状態にしておいた方がいいだろうなぁ）

俺は冴《さ》え渡る思考に唇をニヤリと歪める。

（そうすりゃあ、アリアケはラッカライのフォローに釘付けになるってぇわけだ。さっきは、ちーとばっか油断したから、一撃を偶々《たまたま》もらっちまっただけだから、そこまでする必要はねえかもしんねえが……。ラッカライごと、アリアケをいたぶってやらないと気が済まねえええええ！）

くっくっく。

俺にいたぶられて、さっき俺が受けた屈辱の何倍もの屈辱！　そいつを与えてやるよぉ。

勝利とともにもたらされるそんな素晴らしい未来図に、俺は喜悦の笑みを浮かべざるを得ない。

ぐひ。ぐひひひひひ。

そんなことを考えつつ、仲間たちに目をやれば、

（ラッカライは防御型の槍使《やり》いで、この一か月程度で攻撃ができるようになってるわけもないから楽勝ですわ！　ま、いざとなったら、何か理由をつけてローレライと私が交代して、私の防御貫通のユニーク・スキルでラッカライを集中攻撃すれば勝利は確定なのですわ！）

（回避型防御の卑怯者など恐れるに足りん！　仲間を守れるのは俺のようなたくましいタンクでなくてはなぁ！　ラッカライのような雑魚では話にならん!!　攻撃を受けているうちに防御できなくなって役割を果たせなくなるに決まっている!!）

（ラッカライは複数攻撃に超弱いから、最悪あたしが間違っちゃったテヘとか言って、魔法で同時攻撃すりゃあ楽勝っしょ。ラッカライがウィークポイントだし、そこを突かなきゃねえ♪）

そんなアイコンタクトを送ってきた。

くくく、腐っても同じ村の幼馴染《おさななじみ》パーティーだ。心は一つってことだなぁ！

作戦名『雑魚のラッカライをいたぶりつつ、アリアケもいたぶって倒す！』

これだ！

最高の作戦!!

（よおし、ほんじゃあ、まずは必殺の一撃を雑魚のラッカライに喰らわせてやるとするかぁ！）

「喰らいやがれえええええええ!!　煉獄打突武神剣《オーロラ・バーストエンド》!!」

くあーはーっはっはっはっは！

これでほぼ瀕死確定！

あとはボロボロのお前がアリアケの足を引っ張って、二人仲良く御前試合で恥をかくってわけだぁ！

んで、俺たち勇者パーティーは再び栄光を手にするってぇ寸法よう！

あーっはっはっは、ありがとよ、無能ラッカライ！

お前のおかげでまた俺の輝かしいっ……、

「《邪龍一閃《いっせん》・弐の型！》」

バアアアアアアアアアアアアアアアアアアンンンン!!

「は？」

俺の放った衝撃波が、聖槍《せいそう》の一突きによって消失した。

(ば、馬鹿な！　そんなわけねえ！　そいつは俺の最大魔力を使った勇者のみ使えるユニーク・スキルでっ……！)

しかし、そんな心の叫びさえ上げている場合ではなかったのだ！

「《派生！　邪龍一閃・参の型！》」

一度消失したはずの魔力が聖槍の先端に収束する。

その一撃は真っ直ぐ俺へと向かってくる！　だが、かわす暇などない！

聖槍の一閃はあえなく俺の鳩尾へと吸い込まれた。

「んっぎゃアアアアアアアアアアアアアアアアアアアアアアアアアア

ア!?」

ゴロゴロゴロゴロゴロ！

聖槍で思いっきり鳩尾を貫かれた俺は、コロシアムの床を泥だらけになりながら転がっていく。

「ぶべああああああああああああああ！？！？！？」

あまりの衝撃とダメージに悲鳴を止めることなどできない。

そして。

ドッゴオオオオオオオオオオオオオオオオオオオオン！

壁に激突することで強制的に俺の口は閉じられた。

だが、一瞬後には、

「ひ、ひぎいいいいいいいいいいいいいいい!? いでえ！ いでえよおおおおおおおおおおおおおおおおおおおお!? うおおおおおおおおおおん！ なんでこの俺様がこんなめにいいいいいいいいいい!? ああああああああああああああ!?」

絶え間ない苦痛と屈辱が俺の脳を支配した。脳と胃がシェイクされ、鼻水と涙が止まらない。

何が起こったか分からない。

だが、間違いないのは、

「ひぃ」

「やだぁ、あの勇者、顔が鼻水と涙でドロドロだし、体は泥だらけで無様だし……」

「最低……。気持ち悪い……」

俺はまたしても、御前試合にもかかわらず、衆人環視のもと、考えられない、ありえないほどの醜態をさらけ出してしまったのである。

「あああああああああああああああああああああ……」

俺は呪いのごとく声を上げる。

天を仰ぎ絶望の声を上げる。

なんでだぁ!?

なんで俺がラッカライにこんな目にあわされなくちゃならないいいいいいいいいいい!

俺は勇者なんだぞ!　それなのにぃ!

「なんでおれがぁあああああああああ!?　ラッガライごどぎにぃぃぃぃぃぃぃぃぃぃぃぃぃぃぃぃぃぃ」

言葉にならない怨嗟《えんさ》の絶叫がコロシアムに轟いたのだった。

～プララ視点～

「「「なっ!?」」」

あたしとデリア、そしてエルガーは同時に驚きの声を上げる。

勇者の切り札である煉獄打突武神剣《オーロラ・バーストエンド》が防がれたうえに、反撃を喰らい、ダウンしたからだ。

「ありえないってレベルじゃねーぞ、クソが！」

あたしは思わず罵倒の雄たけびを上げる。

だってありえねーっしょ!?

あたしたち勇者パーティーが、こんな大事な御前試合で醜態をさらすなんて。

しかも、あんな雑魚！

あんなカス！

あんなヘボ槍使いに失態を演じるなんて!?

「あたしたちはこの戦いで、失った名誉を回復して、また晴れ舞台に上らなきゃいけないのに！

無能な馬鹿どもを見返してやんなきゃなのにいぃいぃいいいいいいい！」

ぎりぎりと歯ぎしりをして悔しがる。

興奮して吠えたてた。

（はぁはぁ。い、いや、落ち着けあたし。うん、うん。落ち着け落ち着け）

あたしの咆哮《ほうこう》が聞こえてしまっていた観客席からは、ギョッとした視線があたしに向けられているようだが、だ、大丈夫、まだまだ余裕で挽回《ばんかい》可能だ。

「そう、挽回可能なんじゃん！」

焦る必要なんてない。

雄たけびを上げる必要なんてなかったんだ。

なぜなら、あたしは遠距離タイプの魔法使い。

そして、あの方から託された『切り札』もある。

だから、

「よし、デリア！　エルガー！　あたしの指示に従ってた戦いなさっ……」

あたしが勝利を確信し、ニヤリと唇を歪めながら、仲間どもに指示しようとした、その時である。

「ああああああああ……このままじゃ、借金でクビが回らなくなるじゃない。宝石や服を賞金を当て込んで買ってるのにいいいい！　あああああああああああ！」

デリアの絶叫がコロシアムに轟き渡り、次に、

「情けない役立たずが!?　俺こそが人類の守護盾《イージス》！　この俺を差し置いて聖剣の攻撃を『防ぐ』とは！　許さんぞオオオオオオオオオオオオオ！」

エルガーの大喝が更にコロシアムに響き渡った。

「は？」

あたしは二人の豹変《ひょうへん》ぶりを理解することができない。

そんな呆気に取られているうちにも、二人は理性をなくした、まるで退路を断たれた敗残兵のように、哀れな、必死な様子でラッカライへと襲い掛かっていく。

もはや、二対二の戦いということすら忘れているようだ。

「くそ馬鹿ども！　待ちなさい！　待てって言ってんじゃん！」

だが、あたしの声も二人には届かない。

代わりに聞こえてくるのは、

「ユニーク・スキル《祝福された拳》！　神によりもたらされた防御不可スキル！　ラッカライあなたの攻撃はしょせん『後の先』！　ならば、私はあなたの天敵よ！　私こそがあなたの捕食者！　あなたは哀れに食われる虫！　私が負けるなんて億に一つもありえない！　ありえないのよ！　勝負ありよおおおおおおおお！」

という、自分に都合のよい展開を想像し、早速油断しきるデリアの声と、

「よく考えれば勇者の攻撃を偶々防いだ、あの雑魚ラッカライを倒すだけで、俺がこのパーティーで最優の戦士であるということが証明されるわけだ！　あんな雑魚を倒すだけで！　俺は大陸一の戦士《タンク》の称号をほしいままにできるというわけだなあ、ぐあはははははははは！」

一瞬で相手を格下と見下げ果て、聞くに堪えないエルガーのけたたましい笑い声であった。

「勇者が倒れた今こそ、この勇者パーティー№2のデリア様が、その役目を十分に果たしてみせますわ！　そして勇者パーティーが復権した暁には、贅《ぜい》の限りを尽くすのよ！」

「今までタンク役というだけで地味目な評価だった、パーティーで最も優れた俺が、勇者が倒されてくれたおかげで、ああ、ラッカライを倒した御前試合の翌日には、俺の武勇が大陸中に鳴り響き、勇者パーティーで最も優れたたくましい男。人類の至宝とまで言われるようになるのだな。ああああ、堪《こら》えられん！」

二人が勝利とともにもたらされる名声と金に酔った絶叫がコロシアム中に響く。

だが、そんな耳障りな騒音の中にあって、ひときわ美しい、静かな声が、凛《りん》とコロシアムに響い

た。

「爆雷《ソイル》……」

「……へ？」

「……重力落とし《ランサー》!!」

ドガガガガガガガガガガガガガガガガガガガ!!

「はぁ!?　なんなのよ、これはぁ！」

デリアは地面から突然巨大な土の槍が生える光景に思わず驚いた。

だけど、

「ふ、ふふふふふふふふ！　あーっはっはっはっは、残念だったわねえ！　あなたの使うこーんなヘボ技じゃぁ、私は倒せなかったみたいよ！　おーっほっほっほっほ！」

その土の槍はデリアの体を貫くことはできず、目の前に隆起した状態で静止している。

「無様ね！　哀れね！　さあ、待っていなさい、ラッカライっ。今すぐあなたをボコボコにしてさしあげますからね！」

デリアが唇をいやらしく歪めながら、目の前の邪魔な土の槍を拳で殴り破壊する。

「この程度の攻撃で私を倒せると思ったの？　片腹痛いですわあああ！」

しかし、その時、

「いえ、哀れなのは、デリアさん、あなたの方ですよ？」

「へ、なんで私の隣に？」

それがデリアから発せられた意味の分かる最後の言葉だった。

「聖槍スキル！　蛟竜衝《こうりゅうしょう》！」

バキイイイイイイイイイイイ！

「!?　ひんぎゃあああああああああああああああああああ!?」

デリアが宙を舞っていた。

気づけば、ラッカライの魔力を伴った強力な聖槍の一撃を顎でモロに受けて吹っ飛ばされていたのだ。

そして、高く高く天を舞ったデリアは、
ドオオオオオオオオオオン！

「あああああああああああああああああ!?」

悲鳴とともに大地へと落下したのだった。

「あーあ、せっかく昨日セットした髪やお肌はボロボロじゃん。ネイルは割れて台なしになってるし。く、くひひひ、無様すぎて思わず笑っちまったじゃん！」

あたしは思わず哀れな仲間の様子に嘲笑を浮かべてしまっていた。

デリアはピクピクとよだれを垂らしながら、乱れた髪と衣服、剝がれ落ちたボロボロの爪とメイクを観衆にさらしながらのびている。

「さっきの土の槍は単なる攻撃に見せかけた囮《デコイ》だよ。ほんと馬鹿だね」

デリアが攻撃型のスキルを持っていると分かっていたラッカライは、土の槍を破壊させ、隙を作り出したってわけだ。

「あれ？　でもあの娘、そんな器用なことできたっけ？」

あたしは妙な違和感を覚える。

が、そのことを深く考える暇はなかった。

なぜなら、

「はーっはっはっはっは！　軟弱な少年ラッカライよ！　デリアを運よく倒したからといっていい気になるなよ！　『後の先』か何か知らんが、筋肉がないお前に価値などない！　さあ、カウンターでもなんでも打ち込んでくるがいい！　俺の鉄壁防御に腰を抜かすことになるだろうがなぁ！　そりゃあああああああああああああああああ！」

筋肉馬鹿の声がコロシアムに轟いたからだ。

馬鹿は宣言通り、ラッカライへと大剣を叩きつける。

その攻撃がかわされることは想定済みで、ラッカライがカウンターを放ってくることを読んでいる。

「だが、それこそが狙いだ！　カウンターを幾度放てども効かない。その現実に軟弱者のお前は半泣きで逃げ出すだろう。くあーっはっはっは！」

それこそが戦士《タンク》の誇り高き戦い方なのだとばかりに余裕の仁王立ちを見せる。

次の瞬間。

「見切りましたよ！」

そんな声とともに、

「蛟削《みずちそ》ぎ！」

馬鹿の振るった大剣が、まるで蛇に搦《から》めとられるように軌跡を変えられ、ラッカライの体スレスレを通って地面に突き刺さる。しかし、

「わーっはっはっはっは！　思った通りだ！　お前はそれで隙を突いたつもりだろう！　だが、お前がカウンターを狙っていることは初めから見え見えだ。俺はそのカウンターこそ、この無敵、鉄壁の体軀《たいく》にて何度だって、何万回だって弾き返すつもりなのだから。それによってお前は俺の真の強さに恐れをなして降参するというわけだ！」

さあ、来るがいい！

そう馬鹿は絶叫する。

「この『守護盾《イージス》』がお前に『本当の強さ』というものを教えてやろう！　聖槍で選ばれたぐらいで図に乗っている若造の体に直《じか》に叩きこんでやる。この防御の大先輩、英雄エルガー様がなぁ！」

馬鹿は大きく唇を歪めて、勝利を確信した、興奮に満ちたがなり声を上げる。

そして、

「聖槍スキル！　蛟竜衝《こうりゅうしょう》！」

「哀れだな!!　ラッカライいぃいいいいいい！　デリアに放った技！　顎を狙えばこの聖タンク・エルガー様を倒せると思ったか！　愚か愚か愚か愚かぁあああ！　聖槍に選ばれたから調子に乗ったなあああ！　本当の防御を教えてやる！　お前の負けだあああああああ。うおおおおお

おおおおおおお！」
馬鹿は絶叫しつつ、顎に力を入れたようだった。
そして、

カッキイイイイイイイイイイイイイイイイイイイイイイン…………。

「う、うわぁ……」
観客の声なき悲鳴がコロシアムに響いた。
「あ？」
一方で、間抜けな甲高い声も響いた。
それがあたしの上げた声だと気づくまで数秒かかった。
その後、
「ほんぎゃあああああああああああああああああああああああああああああ
あああああああああああ!?」
馬鹿は耐えきれずに絶叫を上げていた。
そう、あろうことかラッカライは、
「ふ、ふわああああああああああああああああああ!?　いたいいいいいいいいい
いいいいいいいいいいいい!!」

馬鹿の局部を思いっきり聖槍で弾き上げたのだ！

「う、うっ、うっ、いだい、いだい、よぉ……。うううううううううううううううううううう……うっ、うっ、うっ……」

馬鹿は蹲《うずくま》って、思わず泣き出してしまった。

泣くのをやめようとするのだが、あまりの痛さにどうしても涙が止まらない。

スタジアムを泥まみれになって転がるが、それでも痛みは引かないようだ。

嗚咽も止まらない。

「うわっちゃー、あの男、泣いてるぜ。ぷっ……」

「やだ、あれだけ自分がたくましいだの、無敵だって言ってたのに……。めっちゃ弱いじゃん……」

「国の盾っていっても金的には勝てねえのな。ま、しょせん、その辺はフッツーの戦士《タンク》とそう変わんねえってことかぁ」

「あの筋肉も見せかけの無駄筋肉だったたってわけか。はははは！」

侮蔑や蔑みの声が、エルガーの嗚咽に交じって聞こえてきた。

「ぐぞう……。ぐぞう……」

エルガーの馬鹿は痛みとともに、悔しさのあまり更に涙をボロボロと流す。

「だいりぐいぢのぞいゆうのおれがなんでごんなめにいいいいい……」

思わず怨嗟の絶叫を上げていた。

さすがのあたしもさすがにその姿には同情し、

「ちょ、ちょっとエルガー。あんた大丈夫なの？」

思わず声を掛けた。

だが、それはあまりにタイミングが悪かった……。大声を出したのと、下腹部の痛みのせいで気持ち悪くなっていた馬鹿はあろうことかあたしに対して、

「うううううううううううう！　いだいいいいいい！　プララぁあああ。うおおおおおおおおおんんんん」

なんと精神が摩耗しすぎたエルガーが、あたしに抱き着いてこようとしたのだ！

「ぎゃあああああああああああああああ!?きもちわりいいいいいいいいいいい！　て、てめえええええ、ぶっ殺してやるよおおお！　ファイヤーボールゥウウウウウ!!」

「うがあああああああああああああああああああああ!?」

ドオオオオオオオオオオオオオオン！

エルガーのくそ馬鹿はあたしの放つファイヤーボールに吹っ飛ばされた。

ごろごろとコロシアムを涙と唾液、泥にまみれて転がった。

「ひい！」

「うわぁ……気持ち悪い」

「しかも、あいつ最後、仲間にやられてんじゃん」

そんな大衆の侮蔑の声が聞こえてくるとともに、

「あわわわわ、男の人って本当にアレが弱点なんですね……悪いことしちゃいました……」

「まあ、あれは男にしか分からない痛みだからなぁ……。ラッカライが知らないのも無理はない」

「そ、そうなんですね～」

ラッカライとアリアケの余裕に満ちた声も聞こえてくるのだった。

～なお観覧席の王族の一幕～

「おい、ワルダーク。なんなのだ、この試合は……。わしはこんな無様な試合を見に来たわけではないぞ？」

「はあ、申しわけございません」

「申しわけございません、ではないだろう。こんな戦いでは民の心を慰撫《いぶ》し、奮い立たせることなどできぬぞ！　なんのための御前試合だと思っておる！」

「分かっております」

「ふう……。では、すぐに手を打て。手段は問わぬ。政治とは結果が全てなのだから」

「承知しております。では、早々に」

王の言葉に、ワルダークは普段見せぬ笑みを顔に張りつけたのだった。

～プララ視点～

「ファイヤーボール！」

「うがあああああああああああああああああああああ!?」

エルガーに抱き着かれそうになったあたしはブチ切れて、本気のファイヤーボールを放った。死ねばいいのに！

でも、無駄に硬いエルガーは瀕死のままピクピクと痙攣《けいれん》して意識を失う。そして、見回してみれば、勇者もデリアもまだボロボロでまじで哀れな感じで半死半生の状態。

(ほんっとーに役立たずな仲間ばっかりじゃん。死ねよ、クソども)

あたしは内心で勇者パーティーのメンバーを罵倒する。

あたしが呆れるのも当然だ。

だって、

(あたしが戦えばラッカライなんていう雑魚、楽勝で勝てるってーのにさっ……。なーに、馬鹿やってんだか)

そう、それがあたしの不機嫌な理由だ。

ま、それでも、ここからあたしが一手間かければ楽勝に違いないんだけどさあ。

でも、あーあ。ホント……。

（ラッカライみたいな攻略方法がハッキシしてるクソゴミに負けるなんて、チョーありえないんですけど～！）

あたしは心から叫び、侮蔑する。

ラッカライに倒された仲間を。

そして何より、あたしよりも格段に劣るラッカライに対してだ。

「遠距離タイプのあたしが負ける理由なんてないんだよね～、きゃはは♫」

（頭の足りないアンタらは、ひたすら馬鹿みたいに、華麗なる魔法使いのこのあたし、プララ様を守ってりゃよかったんだよ）

あたしは体内の魔力を循環させる。膨大な魔力量とともに、マスターした様々な魔術が脳裏を巡る。

（そう、ラッカライもアリアケも防御・支援型の戦闘スタイルだ。こういったタイプにとってあたしの遠距離魔法は天敵。しかも、莫大な魔力量と多種多様な魔術を操るあたしは完全なる上位者♫）

「そう、あたしはこの戦いの捕・殺・者なんだ」

思わず唇をにんまりとさせる。

この戦いは猟そのもの。

獲物はラッカライとアリアケで、狩人はこのあたしだ。

その関係は揺るがしようもない。

ま、もちろん、近づきすぎれば、獲物は牙で反撃しようとするだろう。

（だからこそ、馬鹿の勇者どもはあたしを守ってりゃよかったのに。そんで、あたしが遠距離からラッカライをいたぶってやれば、牙はあたしには届かない。勇者どもはまた無様にぶっ飛ばされるか、傷つくかするかもしんないけど……あたしはノーダメ！　あたしは優雅に、華麗に、魔力に焼かれて泣き出した相手が土下座してくんのをただ待ってりゃいーだけってわけ♫）

そんな完璧な想像にあたしは陶然となり、更にニヤニヤと唇を歪めてしまう。

（あの聖槍ブリューナクに選ばれていい気になってるいけ好かない子供《ガキ》に、世間ってものを教えてやんなくちゃだし？　それが大人のたしなみってやつっしょ）

あの綺麗《きれい》な顔をいたぶって、泣かして、ぐちゃぐちゃにして、土下座させて、足をなめさせる。

ま、それでも許してやんないんだけどね♫

ペットにして飼うのもいいかも～♪

マジで、ああいう『選ばれた特別な存在』みたいな奴大っ嫌いなんだよねえ。マジでムカつくから、超いじめたくなる。ホント無理。

そんな奴の顔がどんな風に歪むのか……。

「きゃはは♫　今から、ちょー楽しみじゃん！」

あたしはそう言いながら、攻撃魔法の詠唱を開始する。

そして、

「くるりっと♫」

あたしはいまだ瀕死の勇者やデリア、エルガーたちの方を振り返り、

「喰らえ！　サンダーストーム♪」

広い範囲に思いっきり雷の嵐を発生させたのだった。

「な、何をしやがる、プララ!!　んぎゃあああああああああああああ!?」

「気でも違ったの、このクソ魔法使いっ……！　って、いやあああああああああああ!?」

「……（ビクンビクン）」

あは。

あはは。

「あーっはっはっはっはっは!!　何これナニコレ、ちょー受けるんですけど～!?　勇者もデリアもエルガーも、死にかけの魚みたいにピクピク跳ねちゃってさぁ！　あー、たまんねー、マジあたしを笑い殺す気っしょ～」

あぁー、気持ちいい～。

忘れてねーよ。

忘れるわけないっしょ～！

洞窟で瀕死のまんま置き去りにされた恨み、一生忘れるわけないじゃーん!!

「いひ、いひひひいい♫　身動き取れない仲間《ゴミ》どもに魔法撃つの楽しすぎだわ～♪　癖になっちゃ

う～。ああ～」

　あたしはあまりの快楽に身もだえする。

「お、おい、あいつ仲間に攻撃魔法使ったぞ!?」

「一体、何が起こってるんだ!?」

「仲間割れか!?」

　おおっと、しまったしまった。本来の目的をあたしとしたことが忘れちまうところだったよ～。

　勇者どもを嬲《なぶ》り続けるのも乙なんだけど、残念ながら真の目的はそれじゃないんだ。

　あたしの狙いはコレ。

「みなさーん、今のは回復魔法でーす！　安心してくださーい♫」

「は？」

「なんだって？」

「でも仲間たちが明らかに吹き飛んで、悲鳴も……。体から煙まで……」

　ざわざわ……。

　馬鹿な観客どもがざわめいている。その喧噪《けんそう》に乗じて、あたしは切り札を切った。

「人形に意識は邪魔なだけだかんねえ。服従の呪文。禁呪『あたしの可愛いペットたち《デッド・パペット》』！」

　その瞬間、

『すくり』

意識を刈り取ったでくの坊《仲間》たちが、無言のまま立ち上がった。

「あっ!?」

「ほ、本当だ……」

「瀕死だった仲間が立ち上がったわ……」

馬鹿どもがまんまと騙《だま》される♪

勇者たちは……白目をむき、よだれや涙、泥にまみれている。だが、気を失った状態だから気にもしない。口からは「あー」とか「うー」といった、低いうめき声が漏れるのみだ。

あたしに歯向かいもしない従順な奴隷の出来上がり♫

（最高じゃ～ん！　きゃはは♫）

あたしはあまりに楽しくて微笑む。

（禁呪『あたしの可愛いペットたち《デッド・パペット》』は意識のない、抵抗力の弱まった瀕死の人間を操る呪文だ。聞いたことない呪文だけど、こーんな便利な魔法を教えてくれるなんて、さっすがワルダーク宰相じゃん！　ま、もちろん操るっていっても限界があるんだけどね。細かい指示は無理だ、とか！）

でも～♪

「代わりに筋肉とか魔力回路のリミッターは、気絶してるおかげで外し放題で超強力ってわけ！　んでもって、今回求めてんのは、あたしが魔法を撃つ時間を稼ぐための盾！　サンドバック！　肉の壁！　だから、まさにあんたたちみたいな役立たずの方が都合がいいってわけ♫」

あたしってば超冴えてる～。

（あんたらの無様な姿が見られるうえに、あたしの役にまで立ってるんだから、最高だよねえ♫　ちょーっとリミッター外しちゃうから、後遺症やべーらしいけど、そこは我慢してよね♫）

あくまでパーティーの勝利のためなんだから。

あたしは唇を激しく歪めながら、仲間たちを前衛へと送り出す。

肉壁として役に立てと指示を出した！

「しんぱーん！　ちなみに、あくまで戦ってんのはあたしだけだから！　そいつらただの盾だから！　だから反則じゃねーから～！」

さすがに無理があるかもしんない。

どう見ても前衛三人に後衛一人だし。

でも～、

「勝てば官軍だしね～」

世の中負けたら終わりなんだよ！

卑怯でもなんでも、とりま、勝てばいいっしょ！

そうすりゃ、後付けでいくらでも情報操作すりゃいいんだけなんだから！

「あーっはっはっは♫　二対四！　リミッターの外れた勇者パーティー三人、んでもって超一流の魔法使いのこのプララ様が、後衛からバシバシ遠距離魔法撃っちゃうからさ～。いつまで耐えられっかな～。ま、土下座しても許してやんねーけど♫」

あたしは勝利を確信して、謳《うた》うように告げたのだった。

その瞬間、

「フングオオオオオオオオオオオオオオオオオオオ」

「フギュルウウウウウウウウウウウウウウウウウ」

「ギュオオオオオオオオオオオオオオオオオオン」

豚や牛の畜生にも劣るような嘶《いなな》き声とともに、今まで見たこともないスピードと威力で、勇者たちはアリアケとラッカライに襲い掛かっていったのだった。

「あはははははははははっはははっはははは♫」

すげーな、これ！

盾としては十分じゃん！

いや、もしかしたら、このまま倒しちまうかもっ……！

このスピードと威力！

誰もかなうわけないっしょ！

(勝った！)

あたしは勝利を確信して会心の笑みを浮かべる。

……けど、その時あたしの耳に、

「ようやく本気を出したようだな、ビビア」

そう言って微笑むアリアケの声が聞こえたのだった。

「……は？」

私は思わず、唖然《あぜん》としたのである。

～アリアケ視点～

「ようやく本気を出したようだな、ビビア」

俺はビビアの重い聖剣を受け止めながら微笑む。先ほどまでとはまるで違う速度、威力に、この戦いで初めて俺は少し力を出した。

強化された杖が聖剣を受け止める。

「……は？」

ただ、なぜかプララが唖然としつつ、

「はああああああああ!?　な、なんであの攻撃が受け止められんのぉ……!?」

と頭を掻きむしっていた。

「ははは、何を言っているプララ。さっきまではあまりに弱すぎただろう？　まさか、あれが本気なわけはあるまい。やっと今から普通に力を出し始めた。そうなんだろう、ビビア？」

「ぶひぃいいいいいいいいいいいいいいいいん！」

「ふ、む？　何を言っているか分からんが……。まぁ、あれが本気だったなら、大変だ。致命的、と言ってもいい。Ｄ級……。いや、もっとレベルの低い冒険者レベルと言っても差し支えないレベルだったからなぁ」

「ふんぎぃいいいいいいいいい！　ふんぎぃいいいいいいいいいいいいい！」

「い、意識はないはずなのに……本能で激怒してるじゃん……」

意識？　激怒？　よく分からんが……。

まぁ、あんなものが本気だと、俺が一瞬でも思ったことが許せないのだろう。

「ま、安心したぞ。お前が真正の雑魚なのかと勘違いしたが、杞憂《きゆう》だったのだからなぁ」

まったく、あんなのが本気だったら、どうしようかと思ったところだ。最近では一番焦った出来事だぞ。

俺はもう一度安堵感《あんどかん》から口元を緩める。

すると、アリシアとコレットが、

「いや～、あれで本気だったんじゃないですかね～？」

「儂もそう思うのじゃがなぁ」

などと言う。

やれやれ、さすがにその評価はひどすぎるな。

「そんなわけがないだろう。はははは。あんなのが本気だったら俺の何億分の一の実力なんだ、というものだ」

「はぁ……。相変わらず自覚がないというかなんというか……」

「いい加減自分の実力を把握してもらいたいものじゃなぁ」

二人が呆れた反応をする。俺はよく分からずに首を傾げたのだった。

「ま、何はともあれ、相手が本気を出してきたのなら、ちょうどいい。こちらもここから本気でやれるな、ラッカライ！」

「はい、アリアケ先生！」

俺の言葉に、デリアとエルガーの攻撃をいなしていたラッカライが嬉《うれ》しそうに返事をする。

一方で、プララが顔を青くして、また頭を掻きむしり、

「ちょっ!?　ちょっと待ってよ！　今戦ってる状態は本気じゃなかったっての!?」

妙なことを絶叫した。

「は？　何を当たり前のことを。今のはまだ攻防なんてレベルのものじゃない。ビビアたちのことを、さっきは『本気を出したな』とは言ったが、まだ準備運動段階なのは間違いない。俺たちだってまだウォーミングアップなのだからなぁ。そうだろう、ラッカライ？」

「はい。ボクもまさか勇者様たちが、あんなに弱いのかと驚いてしまっていました。……ですが、やっぱり本気じゃなかったんですね！　安心しました！」

「ふ、当たり前だろう。あんな醜態をさらすのが勇者とその仲間たちなはずがない。俺たちの戦いはこれからが本番なのだから！　千のスキルを使用する準備もできているぞ！」

俺たちの言葉に、なぜかプララはどんどん顔面を蒼白にしながら、

「ち、ちなみにあんたらが本気を出すと、ど、どうなるの？」

などと聞くので、

「まぁ、今の百倍？　千倍あたりの強さ、か？」

本当はもっと強いと思うが、謙遜して答える。

「は、はああああああああああああああああ!?」

プララがなぜか悲鳴を上げる。しかし、

「いや～、先生のはそういう、誰かとの比較が許されるレベルではないと思いますけどね……」

そうラッカライが言った。

「ははは、まあ、そもそも俺のような一つ上のステージに達した者を、人という物差しを用いて測ろうとすること自体が無謀なことなのだろうさ」

「ですね！」

だが、残念ながら人が何かを理解するためには、人の認識の及ぶものでしか測りようがないのもまた事実だ。

俺が理解されない次元の者だと気づけるだけでも、ラッカライは優れた人間だと言えよう。

「さ、では、そろそろ行くぞ、プララ！　お前も今みたいに手加減していたら、消し炭になってしまうぞ！　もう少しちゃんと魔法防御を張らないとな！」

「へ？　へ？　ひ、ひいいい!?　こ、これ本気なんだけど!?　ちょ、マジで待っ……」

「ん？　油断させる作戦か。ふっ、だが、そんな弱小の魔力なわけがあるまい。そんな程度では、魔力量一万、人類の切り札などという二つ名を名乗っては……。ふ、ふふふ、ただの嘘つきの詐欺師ということになってしまうぞ。ははははははは」

「!?　詐欺師!?　て、てんめえええええええ……。ぐぎぎっぎぎぎぎぎぎい……」

「冗談ではないか。どうして真に受けるんだ？　……それに、そもそも、少なくともこのビビアたち程度の力はあるはずだろう？　お前たちはだいたい同じくらいの強さだったのだから。ゆえに、いくら、そんなヘボ防御魔法を見せて騙そうとしても無駄だぞ？　はははははは」

「ぐ、ぐぎぎぎぎ……アリアケエエエ……。なら見せてやるよおお……。どうなっても知らねえからなぁ……。全解除ぉおおおおお……」

なぜか地獄の底から響くような、怨嗟の声を響かせた。

何か気に障ることでも言ったのだろうか？

と、そんなやりとりをしていると、

『バキバキバキバキバキ！　ブチブチブチブチブチブチ！』


なぜか、俺たちに襲い掛かる勇者やデリア、エルガーたちの体から変な音が聞こえてきた。

一体なんの音なのだろうか。

「まるで骨や肉が裂けるような音だが……。とはいえ、まさかこの程度の動きで体に異常をきたすはずもないからなぁ」

多少動きが速くなって、攻撃力も上がったとはいえ……。

「ふん！」

「「ふんぎゃあああああああああああああ!?」」

三人は多少力を込めた俺に吹っ飛ばされる。

「ふむ、やはりこの程度だな」

俺は首を傾げる。

「は？　はあああああああああ!?」

なぜかプララが泣きそうな声で叫び、

「それさ！　命の灯《ともしび》完全に燃やして、それだから!?　もう帰ってこられねーかもしれねーほど燃焼させせて、それだからぁ!?」

意味の分からないことを言うが、

「ブヒヒイイイイイイイイイイイイイイイン」

「んんぎょおおおおおおおおおおおおおおお！」

「AJYAAAAAAAAAAAAAAAA!!!」

人とは思えない叫び声を上げ、目や口や鼻からは唾液や涙などの体液をまき散らした、人の尊厳を失った見るに堪えない有様で、三人がまたしても襲い掛かってきた。

もはや三人……いや三匹は二足歩行の人の姿勢ではない。

四つ足をつき、まさに獣のごとき容貌になっている。

「ひい!?　なんだよあれ！」

「ワルダーク!?　どこに行ったのじゃ!　ワルダーク!　あの無様な獣たちをつまみ出せ!?　誰がサーカスの見世物動物を連れてこいと言ったぁ!?」

「ば、化け物!?」

大衆のざわめきとともに、王族らしき者の悲鳴も交じっていた気がした。

(まさか御前試合という公式の場で、これほどビビアたちがプライドをかなぐり捨て、本気になるとは思わなかった。無論、俺に勝つにはそれくらいしないといけないことは確かだろうが……。だが、ここまで獣じみた戦闘をしては、勇者の名に泥を塗ることだろうな。しかも、これは御前試合だ。試合の内容は明日には広く大陸中に知れ渡っているに違いないぞ?)

「「「ぶひひょひょろんJAAAAAAAAAAAAAAAAA!!」」」

三匹は奇声を上げた。

三匹が踏みしめた大地は割れ、音よりも速く走る肉体は異音を鳴り響かせる。本気で切りかかった一撃は重く激しい。

そして、受け止めるたびに、三匹の肉体の方が、メキメキと尋常ならざる蠕動《ぜんどう》を見せた。

だが、

「軽い!」

「ぶひぃぃぃぃぃぃぃぃぃぃ!?」

「ぶぎょおおおおおおおお!?」

「AJAJAJAJAJAAAAAAAAA!?」

かかってきた三人の攻撃を俺は又しても吹き飛ばす。

その隙をついて遠距離からプララの魔法が飛んでくるが、

「甘いですよ！」

ラッカライがいとも簡単に切り裂いて消失させた。

弟子なのだから、これくらいの連携は何も言わないでもできて当然である。

俺たちは阿吽《あうん》の呼吸で、前衛《ライン》を押し上げていく。

「ひいい、ひいいい……。来るんじゃねえよお!?　な、なんで勇者たちの攻撃もあたしの攻撃も防いでやがんだよ……。まじバケモンかよぉ……」

後衛で半泣きの表情になりながら、プララが言った。

そして、後ずさりを始めたかと思うと、

「い、今からでも逃げよう！　洞窟であたしも置いて逃げられたから、コレでおあいこじゃん！」

そう叫ぶのが聞こえたが、

『ゴン！』

「ふぎゃあ!?　んだよ！　なんなんだよ、コレはああああああ!?」

見えない壁に阻まれたかのように、何もない場所に向かって焦った様子で、パンチやキックを繰り出している。

「なんなんだよおおおおおおおおおおお!?　見えねえよおおおおおおおおおお!?」

その絶叫に対して、

「あんなに忠告しましたのにねえ」

「……へあっ!?」

泣き叫ぶプララに対して、フードの少女が近づき言った。

「アリアケさんの力がどれほど凄いか信じてなかったんですか？　あれほど熱烈に語ってさしあげましたのに」

「だ、誰!?」

少女は微笑みながらフードを上げると、

「まったくもう。愚かですねー」

隠していたその顔を見せたのだった。

「ア、アリシア……。アリシア＝ルンデブルクぅううう!?」

プララは信じられないとばかりに目を見開く。

だが、驚いたのは大衆も一緒のようで、

「だ、大聖女様!?」

「あのアリシア＝ルンデブルク様か!?　伝説級の蘇生《そせい》魔法を使用できるという、あのっ……!」

「だ、だけど、どうして勇者パーティー側じゃなくて、アリアケの側にいたんだ？」

「た、確かに。どうしてだ……。も、もしかして聖女様は勇者を見放されたのでは……？」

ざわ……ざわ……。

勇者たちの今までの獣じみた戦いぶりや、象徴たる大聖女の登場に、大衆たちは勇者たちに対して疑念を持ち始めたようだ。

「ま、まずいじゃん！　大衆どもが本格的にあたしたちのこと疑い始めてんじゃん!?　情報操作にも限界があるってーのに！　馬鹿勇者のせいで！　馬鹿仲間たちのせいで！」

訳の分からないことをプララは叫び、頭《かぶり》を振ると、

「くそ、て、てめえ!?　アリシア、なんでこんなところにいやがるんだよ!?」

「私がここにいるのはとても自然なことだと思いますが？　神がなんと言われましょうが、アリアケさんのいらっしゃるところが私のいるべき場所なのですから」

アリシアはそう言ってチラチラチラ！　とこちらを見た。

「？」

だが、俺はそのアイコンタクトの意味がよく分からないので首を傾げる。

アリシアのことだからきっと深い意味があるのだろうが……。

「くぁー、どんかん魔神！」

と、アリシアはよく分からいことを叫んでから、

「と・も・か・く、卑怯な手段で全員かかってきたアナタたち勇者パーティーには、きっつーいお仕置きが必要ですねえ」

「く、ぎぎぎぎぎぎぎぎ……」

「ま、とは言いましても、しっかりと謝るなら、許してあげましょう。も〜、しょうがないですね

〜。幼馴染のよしみですよ〜。さ、ちゃんと卑怯な真似《まね》してすみませんでしたと、頭を下げて……」

「っせえええええええええ！　命令すんじゃねえええええええええええええ!!　強化！　強化！　強化！　強化ぁあああああああ！」

「「「□□———！」」」

三人の口からは、人には聞き取れない高周波が発せられる。

もはやそれは人のものではない。

勇者たちの体からキリキリと糸を引き絞るような、何かが限界を迎えるような異音が鳴り響く。

それは獣すら超えている。

それはもはや化け物。

モンスターと言ってしまった方がしっくりくるほどの、人間をやめてしまった哀れな者たちの姿がそこにはあった。

「きゃは♫　あーはーっはっははは！　これで勝てねえだろう！　あたしさえ！　あたしさえ生き残りゃあいいんだよ！」

しかし、アリシアは首を横に振った。

「はぁ、やれやれ〜」

「は？　なんだよその態度は!?　土下座したって許してやんねえから！」

だが、アリシアはその言葉にドヤ顔をすると、

「やれやれ、です。その程度で、アリアケさんに勝てるわけないんですよねぇ」

そう言ってフフンと微笑んだのであった。

「…………………………………………は？」

プララの驚いた声が聞こえる。

だが、俺はもはや彼女の方を向いていなかった。

なぜなら、自分のスキル使用に集中していたからだ。


『――――多重スキル・スタート』


俺の詠唱がコロシアムに響いたのであった。

「は……？　へ……？　ふんぎゃああああああああああ!?」

と、プララの魔法防御が、俺のスキル詠唱のプレッシャーにすら耐えられず崩壊した。

彼女は吹き飛ばされて、スタジアムをゴロゴロと転がって泥だらけになる。

せっかく整えた髪やネイルがボロボロになるのが遠目にも見えた。

「まったく、だから油断するなと言っておいたのに」

「ま、待って！　マジで油断とかじゃねーからっ……！　これが全りょ」

「まだ全力を出すほどではないか！　ならば俺も全力で行くぞ！」

そう宣言してから、

「《クリティカル率アップ》」

「《セカンダリー・ディアス《質量多重残影》》」

「《気絶耐性低下》」

「《体力向上》」

「《物理攻撃向上》」

「《槍の加護付与》」

「《竜の心得付与》」

「《全体化》」

多重スキルを使用した。

「これで先ほどの百倍は強い。さあ、本気を出すがいい、勇者パーティーたちよ！」

「あああああああああああああああああ!?」

プララは武者震いしているのか、訳もなく頭を掻きむしりながら戦慄《わなな》いている。冒険者の血が騒いでいるのだろう。

一方で、

「「□□□□□■□■□■■！　□□□□□□□□■!!　□□□□□□□□□□■□□□□□□□□□■■■■■■■■■――！」」

勇者たちが咆哮し、人間性をかなぐり捨てて襲い掛かってきた！

勇者ビビアが四つ足で人智を超えた獣のごとき俊敏な動きを見せる！　口にくわえた聖剣で、煉獄打突武神剣《オーロラ・バーストエンド》を放ってきた！

また、デリアがユニーク・スキル『祝福された拳』を乱暴に大地に叩きつけることで、地割れを引き起こし、俺たちの足場を崩そうとした。獣の彼女はそんな悪い足場をむしろ得手とし、姿勢を崩す俺たちを捕食するために、四つ足で迫り大口を開けて肉薄する！

そして、エルガーが何倍にも膨れ上がった異形の筋肉の塊となって、ゴロゴロとこちらへ転がってきた！　その姿は筋肉が防御だけではなく、攻撃にすら応用可能な万能な兵器だということを、獣としての本能的が訴えているがごときだ！

加えて、後衛からはプララのファイヤーボールが、仲間ごと焼き殺す勢いで放たれた。

全員が無茶苦茶な動きで一切連携などない。人類が目にしたことがない、人間が行う非人間的な攻撃の嵐だった。

「なんなんだよこれはぁ……、まるで地獄じゃないか……」

「お、俺たちは勇者様が御前試合するっていうから、見に来たのに……」

「こんなの、ただの化け物の戦いじゃない……」

観客たちの悲鳴や怯《おび》えた声が漏れる。

だが、

「頑張ってください！　救世主アリアケ様！　エルフ族はあなたを応援しています」

「アリアケの旦那！　頑張ってくだせえ！　あんたこそ冒険者の真の英雄なんだ！」

「獣人族一同もあなたを主人と仰いでおります！　頑張ってください！」

セラや冒険者、そして獣人族の者たちが声を上げた。

それは、この戦いが始まる前から、俺たちに向けられるわずかな声援に過ぎなかった。

しかし、

「が、頑張って……」

え？

「そうだ、頑張れ」

観客たちの声の向かう先が、勇者から俺へと変わったような気がした。

そして、

「そうだ、頑張ってくれ！　賢者アリアケ様!!」

「そんなバケモンやっつけろ！」

「偽勇者パーティーになんて負けないで！」

俺を心から応援する声へと変わった。

なぜ、そうなってしまったのか分からない。

だが、俺という英雄に大衆が声援を送るのはごく自然なことだ。

しかし、

「「「ＡＢーＡＢＥＢーＢＡＢＡＡＡＡＡＡＡＡＡＡＡＡＡＡＡＡＡＡＡＡＡＡＡＡＡＡＡＡＡＡＡＡＡ！！！！」」」

本能から発したかのような怨嗟の咆哮が、勇者ビビア、デリア、エルガーの口から迸《ほとばし》った。

歯ぎしりをし、口からは唾液を飛ばしながら、呪いのごとき叫び声を上げて大地を踏み鳴らして威嚇する。

それはもはや完全に人から外れた者たち《モンスター》。

観客の目はモンスターを退治する英雄としての俺、アリアケ・ミハマを見ているのが分かった。

「ふ、ではモンスター退治と行こうか！」

「！　はい、先生!!　相手がモンスターなら、手加減は無用ですね！」

俺とラッカライは行動を開始する。

俺とラッカライは二人とも防御・支援タイプだ。

だが、皆勘違いしている。

「支援スキルを自分にかけてはいけない道理などない！」

獣のように、舞い上がる瓦礫《がれき》の上を疾走し俺の背後へと回ったデリアは、俺の首筋に噛《か》みつこうとした！

がちいいいいいいいいいいいいいい！

狙い通り、俺の首筋へと喰らいつく！

だが、

「どうした、その程度なのか？」

「！？！？？！？！？！！？！？！？？！」

デリアが困惑しているのが分かった。モンスターと化した者でも、自らの切り札が簡単に破れたという事実には、驚愕《きょうがく》をしてしまうものらしい。

「ユニーク・スキル『祝福された拳』が防御を無効にするのであれば、その攻撃に耐えるだけの体力を増強しておけばいいだけだ‼　俺にかかれば造作もないこと！　一から出直せ、拳闘士デリアよ！」

俺の杖が驚愕していたデリアの顎を的確にとらえる！

しかも、《セカンダリー・ディアス》《質量多重残影》によって、一瞬のうちに数十の質量を伴った残像が彼女の顎を連続強打した！

「いんぎぎぎぎぎぎぎぎぎ!?　あがががががががガガガがががが!?　うぎひいいいいいい

いいいいいいいいいいいいいいいいいいいいいいいいいん!?」

オークにすら劣る下劣な断末魔の叫びをコロシアムに轟かせてダウンする。

「ふぎ……ふぎぃ……」

だが、驚くべきことに一度は立ち上がろうとした。

しかし……。

「アガガガッガ……おえええええええええええええええええええええ」

ガクガクと泡とよだれ。体液をまき散らしながら、もう一度バタリと倒れたのだった。

「す、凄い、まず一匹だっ……!」

観客たちが沸く。

一方、横目で見れば、ラッカライが肉球魔神と化したエルガーの攻撃を見事にさばききっていた。

「FOOOOO！　FOOOOOOOOOOOOOOOOOOOO！」

醜悪な筋肉だるまとなったエルガーが、ゴロゴロと転がりながら、ラッカライを押しつぶそうとする。

弱点である金的を内側に隠したことで、今のエルガーは無敵のモンスターだ。

俺に勝つためとはいえ、ここまで人間性と誇りを捨てられることに、一種の戦慄を覚える。

観客の貴婦人からも、特にエルガーに対して、

「ひぃっ……!」

「気持ち悪いですわっ……!」

「うっ……気分が……」

そういった生理的嫌悪感を訴える声が上がっている。

「ラッカライ、早くその哀れな化け物を始末してやれ！」

「かしこまりました、先生！」

そう返事をすると、ラッカライは、

「爆雷重力落とし《ツイルランサー》！」

大地を穿《うが》ち、地面から巨大な土の槍を発生させる。デリアの時は囮《デコイ》として使った技だ。

「!?」

肉球魔神の突進は強力だが、すぐに止まれない欠点がある。

化け物は突き出した土の槍に乗り上げると、そのまま凄い勢いで上空へと跳ね上げられる。

「ＦＵＧＯＯＯＯＯＯＯＯＯ!?　ＦＵＧＹＯＯＯＯＯＯＯＯＯＯＯＯＯＯＯＯＯＯＯＯＯＯＯＯＯＯＯ!?」

筋肉だるまはギョッとした表情で、必死に目をぎょろぎょろとさせた。

地面にいるはずの敵を捜して。

しかし！

「……確かにボクの力だけでは、あなたのような化け物の肌を貫通することは難しいかもしれません……」

「ＦＵＧＹＯ!?」

いつの間にか自分よりも更に上空へ飛び上がっていたラッカライに、化け物は不意を突かれる。

「ですが、あなたの鉄のように重い巨大な体！　そして、重力！　これを利用すればっ……！」

ラッカライは聖槍ブリューナクの力を最大限に解放する！

「喰らえ！　唸《うな》れ！　聖槍ブリューナク!!　秘龍槍・下り落星竜《ミズガルズスオルム》！」

「ＦＵＧＹＡＡＡＡＡＡＡＡＡＡＡＡＡＡＡＡＡＡＡＡＡＡＡＡＡＡＡＡＡＡＡＡＡＡ！？！？！？」

「消え去れええええええええええええ！　化け物ぉぉぉおおおおおおおおおおおおおおおおおおおおお！」

ドオオオオオオオオオオオオオオオオオオオオオオオオオオオオオン…………。

「ＢＵＧＹＡＡＡＡＡＡＡＡＡＡＡＡＡＡＡＡＡＡＡＡＡＡＡＡ!?　ＮＩ、ＮＩＳＥ、ＫＩＮＮＩＫＵＮＩ、Ｏ、ＤＥ、ＧＡ……ＶＯＥＥＥＥ！」

血反吐《ちへど》とよだれ、涙を垂れ流しながら、大地に叩きつけれた最も醜悪な化け物が気絶した。

観客たちがまたしても大歓声を上げる。

「凄い！　化け物たちを次々と！」

「これで二匹目だ！」

「アリアケ様の弟子、ラッカライがやったぞ！」

「あの二人、凄い師弟だな！」

やれやれ、あまり目立ちたくないのだが……。どうしても俺たちが少し活躍すれば、こうして英雄だなんだと、華々しく人目を引いてしまう。

もっと自重せねばならんなぁ。

「でも、俺の聞いた話だと、あの強いラッカライを、勇者ビビアは弱いってなじって追放したらしいぜ？」

「まじかよ!?」

「は～。本当に弱くて、見る目がないのは勇者……。いや、偽勇者のビビアだったってわけか！ははははは！」

まったく、本当に大衆というのは耳ざといな。

「優れた師匠がいてこそ、ラッカライもあの強さなんだろうな」

「ああ、ダメな人間にいくら師事してもダメだからな。ラッカライは本当に素晴らしい師匠を得ることができてよかったんだろうな。ビビアのままだったら、強くはなれなかったろう」

「アリアケ様とビビア、対照的な二人だなぁ」

正直すぎるというか、口さがないというか……。

まあ、全て事実ではあるので、反論する気はないのだが。

しかし、俺と同じレベルを勇者ビビアに期待するのは酷というものだ。あいつは、まだまだこれから、俺を目指して成長しなくてはならない、未熟な存在なのだから。

まだ一人で、師である俺を追いかけ始めるために、歩き始めたばかりの赤子に過ぎないのだから。

と、そんなことを考えていた時である。

「きょ、強化ぁ！　強化ぁ！」

ボロボロなプララが呪詛《じゅそ》のような詠唱をコロシアムに響かせた。

「!?　ぶっ!?　ぶっひひひいいいいいいいいいいいいいいいい！」

メキリ！　メキリ！　ふしゅうううううううううううう……。

それと同時に、勇者の体から更に異音と、人とは隔絶した獣の咆哮が、スタジアムに響き渡る。

ふ、仲間を倒されて、更に本気というわけか。ならば、

「さあ、最終決戦だ、勇者ビビアよ。ついに本気を出したようだな。俺も手加減はせんぞ」

最後の激突が始まるっ……！

「ぶひひひいいぎ□□■□■□いいいいG―G―□□■□■□!!　G―G―!!　―GG―□□■□■□AAAAAAA!!」

勇者の咆哮がコロシアムにこだました。

豚とゴブリンが交ざったような嘶きに、大衆はたまらず耳を押さえる。

聞くだけで精神に異常をきたすかのような、呪詛めいた咆哮だ。人間の出せる声だとはとても思えない。

「俺の予想すらも超えるほどだっ……！」

その醜悪さに、さすがの俺も息をのむ。俺でさえも、やはり人智を超える汚穢《おわい》めいたものには嫌悪感を抱くということか。そのことを勇者ビビアは自ら体現することで俺に教えているのか。

一般人などは到底耐えられまい。か弱い女性などは気分が悪くなったようで、席で次々に気を失ったり、胸を押さえて蹲っている。

「賢者様っ……！　は、早く……」

「早くその化け物をっ……！」

「化け物をこの世界から消滅させてください！　英雄アリアケ様！　その化け物を、一刻も早く！」

人々の心が化け物ビビアを嫌悪し、また同時に英雄の俺に希望の光を見出していることが分かった。

だが、それだけでビビアの化け物ぶりは終わらない。

「キ■□■！　キ■□■キ■□■キ■□■ああああ■□■アアアアアＡＡＡＡ■□■ＡＡＡＡＡＡ――――!!」

絶叫とともに、

『バッキイイイイイイイイイイイイイイイイイン!!』

「い、いっやああああああああああああああああ!?」

「お、おえええええええええええええええええ」

「も、もうお嫁に行けないっ……!?　ぶくぶくぶく……」

女性たちの悲鳴がまたしてもコロシアムに響く。

無理もない。ビビアは体を更に強化したようで、体格を数倍に肥大化させたのだ。

そして、その際に、身に着けていた防具一式を全て弾き飛ばしたのである。

今のビビアは生まれたままの姿であり、超満員の大衆や王族たちの前で、全裸で仁王立ちする、まさに犯罪者であった。

荒い息をつきながら、白目をむき、そして咆哮を上げつつよだれを垂らす化け物。

ビビアはそんな何も身に着けない状態で、はばかることなく衆人環視の中を四つ足の状態で闊歩《かっぽ》したのだった。

「賢者アリアケよ！　その犯罪者を滅してくれええええええええ!?」

どこからか、国王らしき人物の悲鳴も聞こえてきたような気がする。

と、大衆たちの恐怖と嫌悪がピークに達した時、

「□■□■□■■！　□□□■!!　□□□□□□■□□□□□□□■■■■■■――！」

ビビアが四つ足で大地を蹴る！

防具も衣服も、何もかもをキャストオフしたその姿は、空気抵抗の一切を拒絶する野生動物そのものだ。聖剣は相変わらず口にくわえていて、唾液でべちゃべちゃになっている。

音速を超えるほどの速度でビビアが迫った！　すれ違いざまに切りつける気か!?

しかし、

『ビュビュビュビュビュビュビュビュビュビュビュビュ！』

「髪の毛に魔力を込めて打ち出しただと!?」

あまりにも意外な攻撃に虚を突かれ、さすがの俺も防ぐだけになる。一本一本の髪の毛に膨大な魔力が込められていて、刺されば大怪我《おおけが》をするだろう。人間の技ではない！

無論、それと同時に勇者ビビアの頭髪がどんどん減少していくのだ！

「やめろ、ビビア！　それ以上やったら生えてこなくなるぞ！」

「□□□□□■□■□■■――――！　□□□□□□□□■――――!!」

ビュビュビュビュビュビュ！

ダメだ、通じない！　本当にいいのか、ビビア！

「汚いし、化け物だし、全裸だし、ハゲだし。もう最低よぉ！」

「最低勇者！」

「最低勇者ビビア！」

観客たちから最低コールが巻き起こる。

(哀れだな、ビビア……。そこまでして俺に追いつきたいと思ったのか？)

俺は憐憫《れんびん》の情を催す。

俺に少しでも近づきたい気持ちは分かる。

優れた相手に憧憬《しょうけい》の念を抱くのは人として自然なことだ。

だが、俺のレベルへといたずらに手を伸ばせば、お前のような不幸な輩《やから》が作られてしまう。

太陽に至ろうとして、崖から羽ばたいた愚かな人間のように。

俺はそのことを反省する。

俺が優れすぎていることの弊害が、太陽のような届かぬ高みにあることが、こんな悲劇を巻き起こしてしまうだなんて……。

ならば、

「せめて、一思《ひとおも》いにやってやる。これで終わりだ、勇者……。いや、化け物ビビアよ！」

「あああああああああ□□■□■Bー□いいいいAABEEEEEEE□□■□■□――!!　BーBABAAAAAAAAAAAA□■□■□AAAAA――!!」

何を言っているのか分からない。もはや個人の区別もついていないのだろう。

ビビアが……、いや、真の化け物が迫る！

大衆が俺の勝利を願った。

『《メタモルフォーゼ・ビビッド！》』

俺は自らにスキルを行使する。メタモルフォーゼ自体は変身のスキルだ。だが、俺はこの技を応用して体の一部だけを変形させる。

勇者の真似というわけでもないが。

すると、

「綺麗……」

「羽が生えた……？」

「神……様？」

そんな声が観客から漏れる。

勇者に対するものとは真逆の反応が返ってくる。

まあ、確かに俺は神に近い男ではあるが、そのようなものに興味もないし、なりたいとも思わないが。

そんなことはともかく、俺はスキルによって、あたかも翼人種のように羽を背中より生やす。

バサリと上空へと舞い上がり、地上で四つ足のまま、悔しそうな表情をしてこちらを見上げ、為《な》す術《すべ》もなく睨《にら》みつけるビビアへと告げた。

「不出来な弟子、ビビアよ。これで終わりだ。だが最初に謝っておきたい」

「先生？」

ラッカライが不思議な顔をする。

「俺のような高みを目指し、失敗した結果が、まさにお前なのだろう。だが、化け物になろうとも、俺にその手は届かん。今、お前が俺を見上げることしかできないようにな」

その言葉にラッカライは深く頷く。

「その通りです。哀れな勇者様。あなた程度の方が先生のレベルに達することはありえません」

そう憐《あわ》れんだ表情で、兄弟子……しかし、はるかに劣った兄弟子へと告げた。

しかし、ビビアはもはや知能すら残っていないのか、野生の獣にも劣るうめき声を上げると、身を思い切りかがめる。

　そして、

「ＡＢーＡＢＥＥ！」

　意味不明の絶叫とともに、俺へと跳躍してきたのであった！


「《魔力暴走》」

「《魔力増強》」

「《魔力放出！》」


　俺はそんな哀れな獣を撃ち落とすべく、スキルの多重詠唱を行う。

　体内の魔力が増幅し、俺の手に槍のごとく収束、形成された！

「片槍大伸審判《偽・グングニール》！」

　カッ！

　俺の放つ魔力の槍が、太陽へと手を伸ばす獣を焼き、撃ち滅ぼす。

「あああ

あああああああああああああああああああああああああああああああああ」

俺が放つ天の光に焼かれながら、哀れな化け物は落ちていく。

そして……。

ドオオオオオオオオオオオオオオオオオオンンン…………。

太陽を目指した人が辿る末路と同じく、大地へと落下し、その体を強く打ちつけられたのであった。

観客たちの喝采の声とともに。

～プララ視点～

「ち、ちっくしょう……。まさかあたしが負けるだなんてえっ……!?」

あたしはパニックに陥る。

あらゆる手段を使ったのにダメだったのだ。

もはや、この状況をひっくり返すことはできない！

なら、

「逃げるしかねえ！　あたしさえ無事ならそれでっ……！」

急いでコロシアムから脱出しようとする。

だってのに唐突に足に激痛を感じて、転んでしまうっ……！

「痛《い》ってえ!?　なんなんだよ、一体……ひぃっ!?」

あたしは息をのむ。なぜなら、あたしの足にはガッチリと、涙やよだれ、あらゆる体液の付着した爪が、深々と食い込んでいたからだ！

「デ、デリア！　ちきしょう、放せ、放せえええええええええええええええええええええ！」

だが、その摑んだ手はビクともしない。

そのうえ、

『ガブリ！』


「ああ!?」

噛みつきやがった！　そのうえ、ジュルジュルと体液をすすり始める！

「くそ!?　無茶させまくったから、魔力が枯渇してっ……!?」

魔力タンクのあたしを喰らって、魔力を補充しようってわけ!?

でも、悪夢はそれだけじゃなかった！

『むくり……アー……あー……アー……』

『ズル……ズル……ズル…………』

勇者が起き上がり、白目をむきながらあたしの方に腹ばいで迫ってきた。

エルガーもよだれを垂らしながら迫ってくる！

「や、やめろ⁉　やめろって言ってんじゃん⁉　寄るな！　寄るんじゃねえよ！　カスども⁉　ひ、ひぎいいいいいいいいいいいいいいいいいいいい⁉」

ビビア、デリア、エルガーがあたしの体に喰らいつく。

いや、それだけじゃない！

さっきあたしが垂れ流した涙や体液まで、魔力が満たされていればお構いなしにすすろうとする！

他人に自分のそれを飲まれるなら死んだ方がマシだ⁉

しかも大衆や王族が見てる前でえええええ⁉

「いやあああああああああああ、誰がだずげでええええええええええええああああああああああああああ」

あたしの絶叫がコロシアムに響き渡ったのだった。

〜アリアケ視点〜

「いやああああああああああああ、誰がだずげでえええええええええええええええああああああああああああああああああああああああ」

プララの絶叫が、コロシアムに響いた。

それと同時に、プララから出た何かをすする音が……まぁこれ以上は言わぬが花だろう。

ともかく、人の尊厳という概念が壊れるような、唾棄すべき情景が、目の前には広がっていた。

観客の悲鳴もひとしおである。

「あちゃー、もうしょうがないですね～。かいふくかいふく～♪」

アリシアは呆《あき》れた様子で回復魔法を使う。ボロボロだった勇者パーティーの傷がふさがっていった。

「う……お……たちは……な…………を……？　う、ぐ、がっ……」

だが、完璧な治癒ではないようだ。試合の最中だから当然ではある。ぎりぎり意識はある程度、しかし動けないといったところか。

俺たちの声は聞こえるし目は見えているようだが、言葉を満足にしゃべることはできなそうだ。

ならば、大衆たちのこの声も耳に届いているということか。

「おいおい、全部ひどかったが……。特に最後のあれはなんだったんだ？　まさか、御前試合で仲間割れか？」

「それってさ、完全にモンスターよりタチ悪くないか？　モンスターじみてたけど、モンスターだって仲間割れなんてしないぜ？」

「モンスター以下のあんなのが、王国指名の勇者とその仲間たちだなんて……」

ざわざわと嫌悪と侮蔑を口にする。

やがて、

「国王は一体どういうつもりなんだ？」

「大丈夫なのか、この国は？」

「魔王を倒すどころか、中から滅びちまうんじゃねえか？　あんな無能を指名する無能な王国だなんて」

勇者がどうこうというレベルを超えて、国への疑念が膨らんでいく。

それほど、勇者たちの戦闘がひどく、醜悪であり、人々の心にトラウマを与えてしまったのだろう。

それなりに、信頼されていた王国の良識を、たった一日で破壊してしまった。

どんな有能な敵国のスパイでも、これほどの工作活動はできまい。そうこの俺をもってしても唸ることしかさせない、恐ろしいほどの効果であった。

王国への批判は場合によっては不敬罪として厳罰に処されるほどの罪だが、今はそのことを忘れさせるほど、王国の権威を失墜させたわけである。

「ぐぎぎ！　ぐぎぎぎぃっ……!!」

大衆の正直な感想に、勇者は悔しそうに青筋を立て、歯ぎしりをする。

だが、意識を保つだけで精一杯な勇者は、彼らに反論することすらできない。

(だが、このままでは王国の権威は失墜する。勇者によって権威の象徴である御前試合が、醜悪なサーカスになってしまったのだから……。どうにか挽回せねばならんぞ？)

そう思って王族のいる観覧席を見ると、国王が渋面を作っているのが見えた。

少しばかりスキルで聴力を強化してみれば、

(まずい、このままでは民の支持を失うばかりか、今日の戦いを観覧するためにわざわざ呼び寄せた貴族たちに顔向けできぬっ……!)

(ええい、ワルダークは何をやっているのか!? どこに行きおった!?)

(……いや、よく考えてみれば、あんな勇者パーティーなど、この国には不要だな……)

(真の英雄を民は求める。それに王は応えるものだ……)

何やら訳の分からないことを言ったかと思うと、観覧席から、

「此度《こたび》の戦い、まことに見事であった! さすが真の勇者アリアケじゃ!」

そう大衆によく聞こえる声で言ったのである。

(はあ? 何を言ってるんだ?)

俺は純粋に首を傾げる。

勇者ビビアも同じだったようで、地面に這いつくばり、王の観覧席を顔だけ持ち上げて見ながら、顔面蒼白で口をパクパクとする。

ビビアが勇者なのだから当然だ。

それなのに俺が真の勇者だといきなり言われたのだから、驚くのも無理はあるまい。

だが、抗議しようにも、今のビビアは声が出せない。

「あああああああああああああああ……」

と、御前試合の時のような怨嗟のうめき声を上げるのみだ。

だが、そんな勇者の様子には目もくれず、王はもう一度大声で、

「よくぞ偽勇者を打倒した！　それでこそ我が国が認めた真の勇者パーティーである！」

そう宣言するように叫んだのである。

当然、大衆たちは驚く。

今まで勇者だと思っていたのが、偽勇者であることが王より宣言され……。

更に、勇者パーティーから追放された、俺ことアリアケ・ミハマが世界の真の英雄たる勇者だと、そうはっきりと宣言されたのだから。

「ええっ!?　アリアケが本物の勇者だって!?」

「ビビア様が勇者なんじゃないの？」

「あ、ああ……。確かにそうだったはずだぜっ……！」

ざわざわと、大衆はざわめく。勇者が入れ替わるなどという事態を、そうやすやすと受け入れられるはずもあるまい。

勇者とはビビアのことだ。

俺はそう思っていたのだが、

「……まあ、あの戦いなら納得だ！」

「凄い。やっぱり本当の英雄の戦いっていうのは、ああいうものなのねっ……！」

「かっこよかったぜ！　真の勇者アリアケ！　よくぞ偽勇者を倒してくれた！」

パチパチパチパチ！

コロシアムに拍手が轟き、俺たち真の勇者パーティーへと降り注いだ。

別にそんな称号は欲しくもないのだが、いつの間にかそういう状況になってしまっていた。

しかし、その一方で、

「それに比べて勇者……じゃなかった。偽勇者ビビアの戦い方はひどい」

「その仲間もだ！」

「畜生にも劣る戦い方だった。あんな戦い方を王族たちの前でやるなんて……」

「そのうえ、めちゃくちゃ弱かったじゃねーか！　そんな奴らを応援していたなんて、俺は一生の恥だと思うよ！」

死ね！

畜生以下のゴミカス！

偽勇者どもめ！

などといった聞くに堪えない罵倒が飛び交う。

「うぎ!!　うぎい!!　うぎぎい!!」

華やかな舞台で華麗に活躍するはずだった勇者は、今や大衆に唾棄すべき存在と認識され、勇者の称号すらも剥奪された、ただの落伍者《らくごしゃ》のようであった。

そのうえ、勇者はあの戦いで頭髪の半分を失い、全裸で体液まみれである。

大衆が見放すのも当然の、変質者同然の男にしか見えない。

だが俺は、

「やれやれ」

苦笑しながら頭《かぶり》を振った。

そして、王族や大衆たちを諭すように語り掛けた。皆自然と静かになり俺の言葉を聞く。

「俺が優れているのは、当たり前のことだ。国が俺を頼ろうとするのも分かる。だが、聞いて欲しい」

俺はそう言いながら、地面に這いつくばる偽勇者に対して、憐憫の微笑みを向けてから、

「偽勇者が師匠である俺に勝てないのも当たり前のことだ！　たとえ千年研鑽《けんさん》を積もうとも絶対に無理だろう。それほど彼の格は低い！」

まずは事実を述べた。

「だが！」

俺は続ける。

「真の勇者はこのビビアで間違いない！」

そう宣言したのである。

「なぁ!?」

その言葉に、大衆たちはもちろん、偽勇者だと公言した王すらも、うめき声を上げた。

しかし、俺は構わず続けた。

「今日の彼の動きは悪くなかった。命のぎりぎりまで戦う気概も見せてくれた。戦いとは正道だけではないことも確かだ。熾烈《しれつ》さを増す魔王軍との戦いにおいてもそうだ！　確かに御前試合としては失格、品性下劣な存在かもしれない。だが、この賢者アリアケのもと、ビビアを勇者として存在することを許して欲しい！　偽勇者かもしれないが、この俺にめんじて、勇者として認めてやって欲しいんだ！　偽勇者ビビアよ！　まだ、お前は偽物だ!!　だが、真の勇者になれるよう、俺に認められるよう、これからも励め！　応援しているぞ!!」

俺はそう言って、御前試合の中心で、ビビアを鼓舞するのと同時に、王に向かって王国指名勇者の剝奪の撤回を迫ったのである。

勇者は俺の言葉に感激しているのか、歯ぎしりをしながら、血の混じった涙をボロボロと流し、地に伏したまま俺を見上げていた。

「あぎあげぇぇぇぇあぁあぁぁぁあぁぁぁぁ」

低い声で感謝の声を上げている。

俺の言葉を、大衆たちもすぐには受け入れられなかったようではあるが……、

「偽勇者だけど、勇者なのか……」

「あんなゴミでも、本物の勇者アリアケ様がおっしゃるなら、まぁしょうがないのか……」

「そうだなアリアケさんの弟子なんだ。アリアケさんを信じて、認めてやろう。頑張れよ偽勇者！　いつか師匠に追いつき、勇者だと認めてもらうんだぞ！」

そんな声が徐々に大きくなり、最後は偽勇者コールになる。

大衆の声に、王も俺の言葉を拒否することはできなくなったようだ。

「仕方あるまい……。偽勇者を仮の勇者と認める！　ただし、アリアケの公認があるうちだと肝に銘じよ！」

わぁ！　と大衆が沸いた。

なんとか勇者ビビアは俺のおかげで王国指名勇者の地位を剥奪されずに済んだようだ。

俺が依頼したおかげでもあるし、俺という大賢者が認めているからではあるが……。これも上に立つ者の役割だろう。

「頑張るんだぞ、ビビア」

一件落着、俺はそう言って笑ったのである。

「あああああああああああああああああああああああああああ!?」

ビビアも王や大衆の中心で、うめき声をもって、その言葉に同意する。

(ふう、どうやら、勇者の立場は守られたようだ。少し本気を出しただけで勇者の地位についてしまうところだった)

俺は冷や汗を拭うのだった。

勇者などという面倒な地位を手に入れるつもりはさらさらなかった。

幸いながらビビアは勇者ごとき地位に固執しているようだし、頼りないが、まぁ任せておいてやろう。

俺にとっては頼まれても不要な地位だからなぁ。

おっと、そういえば。

俺は思い出したとばかりに手を打つ。

師匠として、これは伝えておいた方がいいと思ったのだ。ビビアの今後の成長にもつながるだろう。

「一つアドバイスがある。お前、ラッカライを無能だと言って追放したらしいな。お前はまだ人を育てるレベルには達していないらしい。相変わらず人を見る目がまだまだ未熟だ。腕を磨くのももちろんだが、それと並行して、他人の才能をしっかりと見極め、そして育てられるようになれ。人を育てられるようになってこそ、俺に少しでも追いつくことになる。それが俺からお前に与える、今後の宿題だ！」

俺の言葉を聞いていた大衆は、

「ええ!?　偽勇者は、あのメッチャ強かったラッカライを育てられなかったのか!?」

「アリアケ様の方がお強いうえに、人を育てる才能もあるんだなぁ」

「今ではラッカライの方が、兄弟子だった偽勇者より強いみたいだしな」

「偽勇者ビビアには育てられず、真の英雄に育てられたら、あれほど成長する。やっぱり人によって全然違うんだな」

そう言葉を交わすのであった。

だが、まぁこの点について擁護するのもおかしな話だ。

むしろ、

「可哀《かわい》そうだが事実だ。だが、落ち込むことはない。こういった悔しい経験をもとに、人は成長するものなのだからな」

そういうことだろう。

ビビアの成長を願い、俺はそう言って微笑んだのである。

ま、それと、これだけ反省させれば十分だろう。

俺は友でもある勇者とそのメンバーたち全員が反省したと確信して、この戦いを終わりとしたのであった。

7、祝勝会

「では、ここに御前試合勝者である真の大賢者アリアケ・ミハマ、そして聖槍《せいそう》ブリューナクの選定を受けしラッカライ・ケルブルグの勝利を祝い、ここに祝勝会を開催する！　乾杯！」

国王の掛け声に、

「乾杯！」

「乾杯なのじゃー！」

客たちの声が響いた。

客はほとんどが市民だが、貴族も所々交じっている。

武を貴ぶこの国では、御前試合などの祝勝会は身分を超えて祝う風習がある。

「さすが、アリアケの旦那だ！　見事でしたぜ!!」

「ああ、本当にそうだ！　あの時は助けて頂いて本当にありがとうございやした！　メディスンの街の冒険者はまだアンタを待ってるんですぜ！」

宴会が始まると、かわるがわる、冒険者たちが順番に挨拶をしてきた。

メディスンで助けた奴らだ。

「す、凄《すご》いですね。冒険者のような荒くれ者たちから尊敬を受けてるなんて!?」

「大げさだろう？　単にメディスンの街をキングオーガから守ってやっただけなんがだなぁ……」

「キ、キングオーガ!?」

　また、

「オルデンの街のハスとアンよりお話は伺っております。我ら犬耳族の首長アリアケ様」

「この度の戦いも誠にお見事でございました。早速、犬耳族一同に速報を流しています！」

　獣人たちも大げさに称賛の言葉を述べていく。

「こ、今度は犬耳族ですか!?　あのなかなか人になびかないという……。ていうか首長!?」

「『暁の鈴』というのをもらったが……」

「犬耳族を配下にする者の証!?　す、凄すぎますよっ……！」

「質の悪い貴族をぶちのめしただけで、大したことじゃないんだがなぁ……」

　半時間ほどそんな時間が続いたが、次第に人心地ついてきた。

「やれやれ、いじめなんぞをやらかした勇者パーティーにお灸《きゅう》をすえてやっただけだというのに。大げさなものだ。なぁ、ラッカライ」

「ボ、ボクもこういう所は初めてで……緊張しますね！　でも、あの戦い、勝てたのはほとんどアリアケ先生のおかげですけどね、あはは！」

　ラッカライは緊張してはいるようだが、前のように自信なさげな様子はすっかりと影を潜めていた。

勇者たちに対しては、少しきつめのお灸だったかもしれないが、それだけのことをやったのだから仕方ない。

彼らの上に立つ者としても、友としても、見過ごすわけにはいかなかったのだ。

と、そんなやりとりをしていると、コロシアムで見かけた少女がやってきた。

「久しぶりだな、セラ」

「こちらこそ、御無沙汰しております、救世主アリアケ様！」

「救世主はやめてくれないか……」

俺は困った表情で言った。

セラは以前、エルフの森が枯死するという事件で知り合った、エルフ族の姫君だ。

御前試合をすると知って、駆けつけたという。

「エルフ族長の……兄のヘイズが困ったいただろう？」

「いえいえ、あれ以来すっかりアリアケ様に心酔された兄様は、今回の御前試合にも来たがっておりました。ただ、まだまだ他の仕事も色々ありまして、私が権利を勝ち得たのです!!」

鼻息荒くエルフの姫君は言った。

「大げさだなぁ。まあ、応援してくれてありがとう。心強かったよ」

「いえいえ、全エルフがアリアケ様の味方ですので。何か困ったらぜひまた声をかけてくださいね！　アリアケ様のファンクラブも順調に成長していますので！」

「は？　ファンクラブ？」

「はい！　今日もあのアリアケ様の見事な戦いぶりのおかげで、沢山会員を獲得することができました！　グッズ展開に力が入りますね！」

「いや、公認した覚えは……」

「あっ、それでは私もいちおうエルフ族の姫としての仕事がございますので、少々失礼します。後で最新のグッズ展開に関してご意見を頂きに伺いますね！　では！」

シュバ！　とセラはご機嫌な様子で別の者たちに挨拶回りを始める。

祝勝会には貴族の来賓も多いので、外交の機会でもあるのだ。

「聞いてないな」

「す、凄いですね。エルフ族のお姫様とお知り合いなんて！　さすが先生です！」

「ただの友人さ」

救世主だなんだと、大げさなものだ。エルフ族の命運を救ったのは本当だが、大したことではない。

と、その時である。

「ど、どうぞ、おかわりの果実汁《ジュース》でございます」

「ああ、ありがとう。……って、エルガーじゃないか!?」

「む、むむ！　ひ、人違いではないか!?」

とっさにトレーで顔を隠そうとするが、その巨体といかつい顔つきを隠すには役不足だ。

するとさらに彼の後方から非難するように、

「あー!?　エルガー、あなた抜けがけはなしって言ったでしょう!?　どういうつもりなの!?」

「まじむかつく!　ここでファイヤーボールぶっ放してやろうか、この筋肉馬鹿!」

「な、何を言うか!?」

いきなり喧嘩《けんか》を始めた。

なんだなんだ?

「はいはーい、聖女さんが解説しましょ〜」

すると、アリシアが割り込んできた。

「ア、アリシア!?」

デリアが焦ったような様子になる。

構わずアリシアは言葉を続けた。

「勇者パーティー全員が、今回の試合で冒険者ランクがDより更に下のEにまで格下げになってしまったんですね〜。相当の苦情があったみたいですねえ。まあ、アリアケさんが強すぎるんで、ちょっと可哀《かわい》そうですが。それで、Eランク冒険者というのは、基本的にドブ掃除ですとか、迷子捜しくらいしかできなくなってしまうんですね。ただ、それだと勇者パーティーとして冒険ができませんので、王様の計らいで、この祝勝会でちゃんとアリアケパーティーに奉仕できたら、またDランクにしてもらえるということになったわけです」

なるほど。

それで、給仕係をやっているわけか。

「ぐ、ぐぎぎぎ。『守護盾《イージス》』たる俺が、こんな下働きのような仕事を……」

「わ、わたしだって！　こんな金にならない仕事ホントは嫌よ！　でも、しょうがないでしょ!?

やらないとクエストを受けられないっていうんだから!?」

「ああああああ、まじむかつくまじむかつくまじむかつく」

パーティーメンバーから怨嗟《えんさ》の声が漏れている。

「やれやれ、まあ、お前らにはちょうどよい薬だな。それに、お前らはまだちゃんとラッカライに
謝っていなかったろう？　ちゃんと謝ったら、王に口添えしておいてやるさ」

「へ？」

ラッカライが、いきなり指名されたのでびっくりしたようだ。

一方の勇者メンバーたちは一気に沈黙した。

そして、ギリギリと歯ぎしりをし出す。

目は血走り、今にも血涙を流しそうな勢いだ。

だが、

「ぐ、ぎ、ぐ、ぎ、ぐ、ぎぎぎぎ。ず、ずいばぜんぜじ……だ……」

「わ、わたしたちが……くっ……悪かった……です……」

「ゆ、ゆるして……ぎ……ぎ……ぐださい……」

本当に悔しそうな表情をして、一切謝罪の意思はなさそうである。

こんなものがお詫《わ》びになると本当に思っているのか？

しかし、ラッカライはニコリとして、

「ええ、その謝罪を受けましょう。兄弟子様たち」

「「ほ、本当（です）か!?　こ、これでDランクに！」」

しめしめという表情になる勇者パーティー。

「いいのか？　言っておくが、こいつら一切反省してないぞ」

「分かっています。でも先生がいつもおっしゃってるじゃないですか？」

俺が？

「不出来な弟子を許すのは、上位者たる自分の役目だと。なら愛弟子《まな》であるボクも、不出来な兄弟子様たちを許そうかと思います」

「「なっ!?」」

ラッカライの言葉に、勇者パーティーは目をむくが、ラッカライは相変わらず微笑《ほほえ》みながら、

「何か文句がありますか？」

「「い、いいえ……」」

やれやれ。

俺は微笑む。

いつの間にか俺の弟子は、ずいぶん成長していたらしい。

背中を小さくして退散する勇者パーティーたちを変わらない様子で見つめている。

「うむうむ、竜の末姫の妹なら、あれくらいの啖呵《たんか》は切ってもらわねば困るのじゃ！」

と、いつの間にか俺の足元で骨付き肉をパクついているコレットが満足そうに笑っていた。

アリシアもどこか嬉《うれ》しそうにしている。

やれやれ、気の合う仲間たちだ。

勇者パーティーももう少し仲間同士の絆《きずな》があればいいのだが……。はぁ。

「ああ、そういえば……。フェンリルいるか？」

「何かの？」

ニュッと。

いつの間にかアリシアの隣に絶世の美女が現れる。

近くにいた客たちが目を奪われるが、気にせずに話しかける。

「ローレライと……。確かバシュータだったかな。臨時で勇者パーティーに入っていた……多分巻き込まれていただけだと思うが……。彼らはこの会場に来ているのか？」

「匂いがあるゆえ、来ておるぞえ。ただ、我らからは遠いところで仕事中よ」

「そうか」

彼らのことも王に口添えしておいてやらないとな。

多分、超不幸タイプの者たちだろうし。

「ん？」

だが、そこまで考えて、俺はふと違和感を覚えたのであった。

勇者パーティー全員にペナルティーが科せられているのなら、あいつだけがいないのはおかしい。

なぜなら、パーティーの失態とは、すなわち奴の失態であるからだ。

「ビビアは、どこにいる？」

俺がそう口にした瞬間。


『アリ……アケ……あ……あ……た、たすけてく……』


よろよろとした状態で会場に現れると、俺の方へふらふらと近づいてきた。

だが、明らかに様子がおかしい。

傷はアリシアが他のパーティーメンバーと一緒に治癒している。

だから、既にダメージはないはずだ。

しかし、足どりはフラフラとしており、顔は真っ青で血の気が引き、口元からはダラダラとよだれを垂らしている。

何より、

「背中が……」

ボコ……ボコ……と。

勇者ビビア・ハルノアの背中は、内部から何かが生まれるかのように蠢《うごめ》いていたのである。


時間は少しさかのぼる。

～勇者ビビア視点～

カス！

ゴミくず！

偽勇者!!

（くそがああああああああ！　ゴミはてめえらだ！　俺は勇者様だぞ！　てめえら一般人とは違う、選ばれた存在なんだよおおおお!?）

俺は内心で絶叫し続ける。だが、口からはうめき声しか出ない。

「可哀そうだが事実だ。だが、落ち込むことはない。こういった悔しい経験をもとに、人は成長するものなのだからな」

（アリアケえええええええええええええええ!?　てめえだけは！　てめえだけは！　てめえだけはあああああああああああ!?）

ゆるざねぞぞぞぞぞぞぞぞぞぞぞぞぞぞぞぞぞぞぞぞぞぞ！

俺が華々しく華麗に活躍するはずだった舞台を邪魔したうえに、偽勇者の烙印《らくいん》を押した！

しかも、俺がそんな地位にいられるのが、アリアケの公認があるからだと!?

ああああああああああああああああああああ。

ああああああああああああああああああああああああああああああああああああ!!

あ゙!?

絶叫。怨嗟。怨嗟に次ぐ絶叫。

この世界などなくなればいいという、純粋な思いに心が覆われる。

心が闇に覆いつくされる。

当然だ。

勇者の俺を敬わない世界など、滅びるべきだ！　俺は何も間違っちゃいねえ！

……その時。

『勇者ビビアよ』

ワルダーク宰相の声がどこからか聞こえた。

「宰相!?　ど、どこから……」

『そんなことは、どうでもよい。それよりも、お前には切り札が、あるだろう？』

きり……ふだ……？

『切り札の声を聞け……』

こ……え……？

俺は全裸だ。

だが、腰袋を一つだけ下げていた。ワルダークの切り札を手放さないためだ。

その切り札のほうに耳を傾ける。

声が聞こえてきた。

『力が……欲しいか……？』

「ほ、欲しい……」

俺は即答する。

『何を、失おうとも？』

「アリアケや今、周りにいる奴らや王族！　大衆どもをぶち殺せるならなんでもいい！」

俺は考えるまでもなく、即答した。

『そなたは、我の器に、ふさわしい……。ワルダークとしてかりそめの肉体を操り、ついに見つけた……。心地よき、黒き……魂の、担い手よ……。我を……託そう……選ばれし者よ……ワルダークは、お前になる。今日、この日より！』

袋の結び目がひとりでに開くと……、握り拳ほどの緑色の石に、奇妙な目玉が付いた、意味不明の物体……、それがズルズルと、触手のようなものを生やして這い出してきた。

そして、

『シュルリ……ゴクリ……』

一瞬にして、俺の喉を嚥下《えんか》していく異音とともに、

『ガクリ』

俺の体は唐突に糸が切れたかのように、地面に突っ伏した。

そして……、俺がそんな状態とはつゆ知らず、俺を一方的に裏切った大聖女アリシアが回復魔法をかけた。

そこから、ほとんど記憶がない。

気が付けば、俺は海洋都市ベルタの浜辺を一人フラフラとホームレスのようにうろついていた。

「ああん？　あ、こいつ今日の■△試合でっ■○■△ビビア■△じゃ■△!?」

「なんで■△なところ■△？」

「へっ、んなこと、■△でもいい。ちょ■△いいじゃねーか。いつ■△女や老人相手■△、弱ってるんならこいつ■△金をうばえばいいカヒュ――」

あれ？

何があった？

今、俺は何をした？

ゴリゴリ。

カリカリ。

背中から変な音が聞こえる。

……いや、どうでもいいか。

いいや、よくない。

なぜなら、さっきから、背中が痒《かゆ》い。

痒い痒い痒い痒い痒い痒い痒い痒い痒いかゆいかゆいかゆいかゆいかゆいかゆいかゆい。

その時、俺は直感的に理解できた。

俺の頭が乗っ取られる。

俺の体が乗っ取られる。

命が消滅する。

俺が消滅する。

俺が俺でなくなる根源的な恐怖に脳が悲鳴を上げた。

だが、もはや声帯を自由に動かすことはできない。

足も俺の意思とは無関係に動き出そうとする。

口を閉じることもできない。

だが、俺はなんとか救いを求めて歩き続けた。

悔しい。

認められない。

憎い！　憎い！　憎い！　憎い！

だが、俺は唯一この状態から救い出してくれるかもしれない相手を求めてさまよった。

そして、もはや夢か現実か分からない意識の中で、

「アリ……アケ……あ……あ……た、たすけてく……」

『無駄だ、ビビア・ハルノアよ。そなたは既に四魔公ワルダークものよ』

そんな声を聴きながら、俺の意識は完璧に闇に取り込まれたのだった。

8、助けを求めるモンスター・ビビアを救うお話

～アリアケ視点～

ボコン！

バキ！

バキバキバキバキ！　メキメキメキメキ！

それはまるでビビアの背中から生えるように現れた。

「何をされたビビア！」

俺は問うが、ビビアの意識は完全に失われているようだ。

背中から生えた化け物は、魔力を増幅させ、その体を巨大化させる。ビビアはその巨体へ呑《の》み込まれていった。

まるでビビア自体がその化け物へ変異しているかのようにも見える。

そして、その膨張中の肉の塊より、更に醜怪なザラザラと錆《さ》びた金属音声が響く。

『魔王配下、四魔公ワルダークと、この世界の覇権を競おうではないか』

ビビアの姿を借りて、その男は、かすかな笑みを浮かべた。

（四魔公……。なるほど、そいつに体を乗っ取られているというわけか！）

「う、うわああああああああああああああ!?」

「ひ、ひいいいいいいいいいいいい!?　ば、化け物！　偽勇者が！　偽勇者が化け物に！」

客たちからは悲鳴が上がる。

目の前で人間が……ましてやかつて勇者と呼んでいた者が、醜悪な化け物に変貌したのだ。

その衝撃は大きく、すぐに祝勝会の会場は阿鼻叫喚《あびきょうかん》の地獄絵図になる。

そんな混乱の中、俺は嘆息し、

「やれやれ、ビビア。勇者でありモンスターを倒す側のお前が、モンスターになってどうする？」

そう言って何もない空間から杖《つえ》を取り出した。

「真の賢者アリアケ様！　あの化け物を倒してください！」

「そ、そうだ！　アリアケ様！　お願いします!!」

客たちの声が飛ぶ。

だが、俺は、

「倒す？」

俺は首を傾《かし》げ、

「倒す必要などないさ」

そう言って、一歩後ろへと下がる。

「そ、そんな化け物を倒すのがあなたの役目なんじゃあ!?」

「勘違いするな、あれは……」

俺は醜悪なモンスターと化した相手を見やる。

その姿は、俺すらも目をそらしそうになる。

四つん這いのカエルのような姿勢で水棲《すいせい》生物に似た姿をしており、眼窩《がんか》は隆起し、瞼《まぶた》はなく、肌は青色でぬめぬめとしていた。

腹の方は白くてテラテラと光っている反面、体中にびっしりと鱗《うろこ》があり、背びれもある。

奇妙な濃い緑色のしっぽが生えており、また鱗の合間からは、やはりおぞましい触手が何本も何本も生えていた。その触手の先端は口のようになっていて、常時腐臭が漂い奇妙なうめき声を上げている。

そして、その大きさは優に二十メートルはある。

言うまでもなく、人類の敵、超巨大モンスターだ!

しかし、

「あれは俺の不出来な弟子であり……友人だ。かけがえのない幼馴染《おさななじみ》というやつでな。お前たちに迷惑をかけたことは師である俺が詫《わ》びよう。楽しみにしていた宴会を邪魔して悪かったな……。とはいえだ」

俺はもう一度、フッと微笑《ほほえ》んで、

「奴は『助けてくれ』とはっきり俺に言った。ならば、何者であろうと助けないわけにはいかんだろう」

神からも言われてるしな。

バックアップしてやれと。

ただ、これは超過勤務のような気もするが……考えたら負けだな。

「なんじゃと!?　助けてって言って助けてくれたのは、儂《わし》だけの特権だと思っとったのに!?」

俺と入れ替わり、前衛に出てきたコレットが驚愕《きょうがく》の表情を浮かべた。

「まったくいつも幼馴染に対しては大甘なんですから」

呆《あき》れた表情でアリシアが言った。

「それが主様のよいところよなぁ」

「え、なんですかその気の利いたコメント!?　従僕のくせに下克上狙ってませんか!?」

よく分からないことを言って焦るアリシアを置いて、フェンリルも前に出る。

そして、俺の隣には、

「やっぱり先生は凄《すご》いです。友達を絶対に助けようとするのは人の道！　私の槍《やり》もまた『守る』神髄を極めんとする道！　先生に一生ついていきます！」

「あ、それ儂もな！　儂も一生ついていくって過去に言っとるので、忘れちゃ嫌なのじゃよ？」

「わ、私以外の女子の女子力が高い！　わ、わ、私もアリアケさんに一生……」

と、なんだかよく分からない会話になってきたところで、

「アリアケ様！」

そう俺に駆け寄りつつ、声を掛けてきたのは、ふわふわとした緑の髪を伸ばした十五歳くらいの少女だった。

以前、一度一緒に旅をしたことのある女性。

今は給仕服だが、しっかりと杖を持っている彼女の名は、

「ローレライか！　久しぶりだなあ」

「はい！　ご無沙汰しています！」

彼女は花のように微笑む。しかし、すぐに厳しい顔になって、背後でビチビチと触手を振り回す化け物を警戒する。

「ですが、今は久闊《きゅうかつ》を叙《じょ》している場合ではなさそうですね……！　あの化け物を……。いえ、あなたのご友人たるビビア様、ですか」

「ああ、その通りだ。今は目の前の馬鹿をなんとかしてやらねばならんなっと！」

俺たちは迫る触手を杖でさばく。

あまり悠長に会話をしている暇はなさそうだ。

ローレライも委細承知していると頷《うなず》きながら、

「おっしゃる通りです。このローレライ、全力で支援させてもらいます！　また一緒に戦わせてください！　真の勇者アリアケ様！」

彼女はそう言うと、もう一度花のように微笑んだのだった。

ただ、俺は勇者ではないのだが……。

まぁ、人が言うことはいちいち止められない。

なんであれ、彼女のような高位な回復術士がいれば助かることは確かだ！

だが……、

「いいのか？　君は勇者パーティーの一員だ。相手は仲間である勇者ビビアの成れの果て。そんな仲間と本当に戦えるのか？」

救うための戦いとはいえ、倒すことは必要になる。だから問うた。

残酷な質問かもしれない。

即答は難しいだろう。

だがそれくらいの覚悟がなければ……。

「はい！　全然大丈夫です！」

「……え？　本当にいいのか？　あいつはビビア・ハルノアなんだぞ？」

「そんなこと言ってる場合じゃありませんよ！　アリアケ様！　民衆に大きな被害が出てしまいます！　むしろ、真の勇者アリアケ様のもとで戦わせてください！」

その迷いのない言葉に、俺は逆に勇気づけられる。

幼馴染と戦う。そのことに躊躇《ちゅうちょ》していたのは優しすぎる俺の方だったのかもしれない。

だが、目の前の少女は、仲間と戦うというのに、むしろためらいなく、俺と共闘することを選んでくれたのだ。

ならば、俺がかける言葉は一つだろう。

「いや、こちらこそお願いしよう。ようこそ、俺のパーティーへ。一時《いっとき》かもしれないが、ともに勇者ビビアと戦おう！」

「はい！　このローレライ・カナリア、今より勇者パーティーを正式に脱退し、真の勇者アリアケ様のパーティーメンバーとして癒しの杖を振るいます！　ええい！」

彼女はそう言うと高速詠唱で傷ついた民たちをたちまち癒した。

なるほど、本当に優秀だ。

こんな頼もしい仲間が一人増えてくれたならば、ずいぶん戦闘が楽になるだろう。

しかし、その瞬間、

「ロ゙ー□□――■□■□ラ゙イ゙――イ゙イ゙□□■□■□――イ゙イ゙イ゙イ゙□□■□――デメエ゙エ゙エ゙エ――マダガ■ア゙□ア゙■□――ア゙ア゙ア゙ア゙ア゙！！！！！」

『む、こやつまだ意識が……』

一瞬だが、どこか怨嗟《えんさ》のごとき人外の絶叫が響くのと同時に、触手から毒霧のような物が放出される！

意識が戻ったのか!?

そう思ったが、それは本当に一瞬のことだったようで、すぐに化け物としての行動を再開した。

（だが、まだ完全に意識がなくなったわけではないということか！）

俺はそう感じつつ、

「アリシア、結界をっ……！」

「おっと、これくらいは俺のアイテムで十分ですよ。わざわざ聖女さんの手を煩《わずら》わせるまでもない」

「何？」

突然現れた男が聖水のようなものをまくと、紫色の毒霧がたちまち透明無害なものに変わる。

いい手際だが……。

「君は？」

「バシュータと言います。あなたのお噂《うわさ》はかねがね……。あの勇者パーティーを、一人で支えていた凄腕ポーター、大賢者アリアケ様。こうして話せて光栄です」

「いや、俺にとっては大したことではないさ。だが、君もその若さで大したものだな。今のは月の雫草《しずくさ》から採取した解毒《げどく》薬を、高密度ポーションに溶かしたものだろう？」

「さ、さすがです。よく分かりましたね！」

「無論だ。だがそれ以上に、敵の攻撃に動じずにアイテムを駆使するその機転と行動力が素晴らしかった。ポーターはそれくらい視野が広くなくてはな」

「あ、ありがとうございます！　や、やっぱりあなたは思った通りの方だ！　ちゃんとポーターを必要な存在として扱ってくださる！」

「ん？」

突然の言葉に、俺が首を傾げる。

だが驚く俺をよそに、バシュータが膝を折り、

「このバシュータ・シトロ。今より勇者パーティーより完全に外れ、ポーターを超えたポーター、大賢者アリアケ様の麾下《きか》に入ります！」

それが意味するところは、

「俺の仲間になる、と？」

「そうです！　邪魔にはなりません！　お願いします！」

彼はそう言うと、深々と頭《こうべ》を垂れた。

だが、

「そんなことをする必要はないぞ、バシュータ」

「そ、そんな……」

バシュータが暗い表情になるが、

「俺の方こそ君に頼もう」

「!?」

目を見開く。

「バシュータ・シトロ。その優れた技量で、一時的かもしれないが、あの不出来な弟子であり、友を救うため、俺たち賢者パーティーのポーターとして働いてくれるか？」

「っ！　も、もちろんです！　喜んで！　もう俺は勇者とは無縁の存在ですよ！」

彼はそうはっきり言うと早速行動を開始した。

「はぁ！」

何かを取り出したかと思うと、それを化け物の周囲へ投げつける。

すると、たちまち、

『ボン！』

爆発したかと思うと色の付いた煙が広がった。

煙幕で化け物《ビビア》を攪乱《かくらん》している。

(煙玉か。原始的だが、ああいう物ほどうまく使いこなすことは難しいものだ)

「バジュ□□――■□■□あ゙あ゙あ゙でめ゙え゙□□――■□■□あ゙！」

『むぅ、またしても!?　だが無駄よ』

また一瞬だけ意識が戻ったようだ。

とはいえ、またすぐにその意識は引っ込んでしまうようだが。

何はともあれ、どうやら攪乱が効いているようだ。

煙幕にイラついたのか、大暴れする化け物《ビビア》の攻撃は大ぶりで避《よ》けやすくなった。

こういった細々《こまごま》とした支援がポーターの大切な役割なのだ。

ローレライもバシュータも元仲間相手につらいだろうに、それをおくびにも出さず、容赦のないほど有効な行動を取り続けている。

(さすがだな)

俺は感心する。

だが、俺は一つ見落としをしていた。

聖女の結界は大宴会場を外部と完全に区切るように、半円を描くかたちで展開されている。

それによって、化け物の攻撃は逃げ出した大衆へは届かない。

だから、安心していたのである。

だが、パニックになった大衆の中には、テーブルの下に隠れて、逃げ遅れた者がいたのだ。

それは四、五歳の子供であった。パニックが起こった時にとっさに隠れたのだろう。

だが、なんでこんなところに子供が？

「いや、そんなことを考えている場合ではないな、危ない！」

ビビアのおぞましい触手たちが、本能のままに子供を襲おうとするのを見て、俺はすぐに駆け出す。

（くそ、間に合うのか!?）

しかし、俺が手を下すまでもなかったのである。

「やらせませんわ！」

「国の盾をなめるでないわああああ!!」

「ファイヤー！　ボォオオオオル！」

ドオオオオオオオオオオオオオオオオン！

「グギャギャギャギャギー■□■ャギャア゙ア゙ア゙アー■□■ア゙ア゙ー■□■ア゙ア゙ア゙ア゙ア゙ア゙ア゙ー

■□■ア゙ア゙ア゙ー■□■゙ア゙ア゙ア゙！？！？！？」

いたいけな子供に迫った恐るべき触手たちは、その直前でズタズタに寸断され殲滅《せんめつ》されたのである。

そう、

「私たちも一緒に戦いますわ！」

「よしよし！　これはドブさらい五回分にはなるだろう。アリアケ！　この筋肉に目を奪われんようにな！　あと王様へちゃんと伝えておけよ、五回分だぞ！」

「あたしの無尽蔵の魔力、久しぶりに見せてあげっからぁ！」

勇者パーティーの三人、デリア、エルガー、プララたちであった。

「やれやれ、現金な奴らよのう……あの時も仲間を置いて逃げ出しおったしのう」

フェンリルがぼやいているが、

「ふ、あんなことを言いつつ、きっと心から勇者のことを案じているんだろうさ。俺と同じ気持ちに違いあるまい」

「いや、そうかのう」

フェンリルが明後日《あさって》の方を見た。

そして――、

「さあ、おしゃべりはここまでにしよう。俺のもとに集《つど》ったお前たちは、今は敵も味方もない。ただの仲間だ。だから……」

俺は変わり果てた幼馴染を見上げる。

醜悪なる化け物、モンスター・ビビア・ハルノアは、なぜか憎々しげに俺たちを睨《にら》みつけているような気がした。

一人、孤高に。

だがそれは、奴にまだ人間性が残っている証。

俺は友の生存を信じた。

そして不出来な弟子が周りに迷惑をかけたのなら、それをたしなめるのも師の役割だと微笑む。

「この真賢者パーティーに集った運命に導かれし仲間たちよ、力を貸してくれ！」

俺のその呼びかけに、

「「「「「オウ！」」」」」

勇ましき戦士たちの歓声が上がったのだった。

9、賢者パーティーの伝説の始まり

「じゃが、旦那様よ。儂《わし》ら本気でやっても構わんのか？　相手を消し炭にしたらアリシアの蘇生《そせい》魔術でよみがえらせる、っちゅー感じのムーブでええんかの？」

その言葉にアリシアが首を振った。

「いえ、私の蘇生魔術は死体が残っていることが条件の一つですので、消滅させたら難しいですねえ」

「では、どうするんですか、先生？」

「手加減かえ？　我は結構得意であるぞ？」

「儂は自信ないのじゃ！」

皆が手加減方法について口々に議論するが、

「いや、逆だ」

「「「「逆？」」」」

パーティーメンバー全員が疑問を口にした。

「ラッカライ、君の修行中にも使ったスキルがある。覚えているか？」

「修行中に……あっ!?」

思い出したようだな。

「まさか、それを……」

「ああ、本来は味方にかけるスキルだが……」

俺はニヤリと微笑《ほほえ》み、

「敵にかけちゃいけないルールがあるわけではないんでな」


「《即死回避》」


『なんの……つもりだ……!?』

四魔公ワルダークが自分にスキル付与されたことが理解できないとばかりにうめくが、

「何、俺たち賢者パーティー流の手加減とは、むしろ『全力全開』ということだ！　まずはデリア！」

「ええ、行きますわ！」

『な、何ぃ!?』

だが、俺は敵の言葉を待つほどお人よしではない。


「《回避付与》」

「《神速付与》」

「《巨大モンスター必滅》」

「《クリティカル威力アップ》」

「《星属性強化》」

「《火属性強化》」

「《魔法威力アップ》」

「《詠唱レベルアップ》……」

「《極大魔力供給》」

「《鉄壁付与》」

「よそ見してる余裕はありませんわよ！　ワルダーク！　はぁ！！！」

ドオオオオオオオオオオオオオオオン！

『ぐわあああああああああああ！？！？！』

モンスターは横面を思い切り張り倒される！

だが、それはパンチなどという生易《なまやさ》しいレベルのものではない。

俺のスキル支援を受けたそれは、顔面で魔法を爆発させたようなすさまじい衝撃をもたらしたようだった。

その威力はまさに流星のごとし。

『な、なんなのだ、ごのいびょぐばあああああああああああああああああああ!?』

ワルダークが予想外のダメージにたまらず悲鳴を上げる。

『デリア、貴様ははこんなに強くなかったはずだ！　雑魚のはずだ！　魔神たる儂にダメージを与えられるような強さはないはずだあ!!』

「あら、化け物さん、今のはただのウォーミングアップですわよ？」

『な？？？？？』

デリアは更に微笑む。

彼ら勇者パーティーの中にあって、あらゆる難敵をいとも簡単に打ち砕く、神より授けられた唯一無二のギフト持ち。

勇者パーティーに貫けぬ敵はなしと、大陸中にその名を轟《とどろ》かせた神の拳。

その名はっ……！

「喰らいなさい！　《祝福された拳》極拳！　《火流星の渦《メテオ・シュトローム》》!!」

防御無効というありえないユニーク・スキルから繰り出されるのは、俺のスキル支援を受けて数百倍の威力になったデリアのみが使える必殺の一撃！

星が降り注ぐインパクトを直接体内に送り込むという、S級ゴーレムさえ一撃で粉砕し、魔王すら恐れさせたと言われた究極の一手！

その衝撃が今、モンスターの体内を駆け巡った！

『んぎおおおおおおおおおおおおおおおお!?　お、おげえええええええええええええええええええええええええええ！？！？！？！？！』

数百トンに及ぶ巨体が楽々と打ち上げられてしまうほどの圧倒的な威力！

「す、凄《すご》いわ……」

「あれが、『無敵』の異名を持つ女拳闘士デリアの実力なのねっ……！」

逃げ出した大衆たちが遠巻きに歓声を上げるのが聞こえた。

だが、相手もやられっぱなしではない。

打ち上げられたことを利用し、その巨体で俺たちを丸ごと押しつぶそうと迫る。

『死ねええええええええええええええ！』

魔力による重力加速か。

このまま落下すれば周囲一帯が壊滅するほどの威力だろう。

だが、

「甘いわあ!!」

ガキイイイイイイイイイン!

なんと隕石《いんせき》級のその衝撃を真正面から受け止める存在が現れる。

『なぁ!?』

ワルダークの悲鳴を嘲笑《あざわら》うかのように呵々《かか》大笑するのは、

「国の盾をなめるなよ!　この化け物があああ!　がはははは!」

『ぐわああ、押し返されるだとおおお!?!?!?!?』

ドオオオオオオオオオオオオオオオオオン……。

「す、凄いわ」

「あ、あの巨体を受け止めたうえに、弾《はじ》き飛ばしてひっくり返したっ……!」

大衆の声が響く。

『おりえぬ。なぜエルガ゛ーごどぎ虫げらに儂ぼどの存在がばじぎ返ざれでづ……!?』

その絶叫に、たった一枚の大盾で弾き飛ばした男は、ニヤリと笑うと、

「俺の名はエルガー!　この国の盾!　いや……」

男は筋肉を見せつけるように仁王立ちすると、

「人類の守護盾《イージス》!　エルガー・ワーロックだ!　俺がいる限り人類に仇《あだ》なす攻撃は全て無駄だと思

え！」

そう高らかに宣言したのである。

愕然《がくぜん》とするワルダークとは対照的に、俺は余裕をもった様子で、エルガーの後ろから言葉を重ねる。

「やれやれ」

そう言いながら、

「たかだか化け物の一匹や二匹、防げる程度の支援スキルを使用することなど、俺にとっては大したことではないんだよなぁ……」

『**ま、また貴様か、アリアケ・ミハマぁ！**』

怨嗟《えんさ》の絶叫が轟いた。

そして最後に。

「召喚《サモン》サラマンダー、発現《ウィザード》、完全憑依炎陣術式《エクスハラティオ・オメガ》……」

プララの詠唱が開始された。

『**完全憑依炎陣術式《エクスハラティオ・オメガ》!?　なぜお前ごときが使える!?**』

その魔法は俺の魔力供給支援と、それを受け入れるだけのプララの魔力量一万という規格外のキャパシティーをもって可能となる唯一無二の術式！

召喚によって招来した精霊を、体内に完全に取り込み、その力を自在に操るという究極魔法の一つ！

普通の人間には精霊を体内に受け入れるような魔力キャパシティーがないから、部分的に憑依《ひょうい》させるだけでも、神経がズタズタになって死んでしまう。

だが、プララはその『魔王に勝るとも劣らない』と言われる魔力量によって、その常識外の術式を操ることができるのだ。

「接続《リンキング》！　完了《スケール》!!　もう撃てるよ!!」

『何!?　あれほどの高位魔術なのに《詠唱破棄》で!?』

モンスターはジタバタと四肢を振り回す。

触手をできるだけ地面の方に向けて盾にしようとあがく！

大地に。プララに。恐るべき火の精霊たちの加護が宿るのを感じる。太陽よりもなお濃い、濃縮された魔力《マナ》の凝集を感じる。

『おのれえええええ』

「行け、プララ！　手加減は逆に即死回避スキルが発動しなくなる。全力で行け！」

「喰らうじゃん、化け物！」

『おのれえええええええ！　アリアゲ・ミバマあああああああああ！』

モンスターは絶叫した。

だが、プララから最大級の魔術が放たれる！

「世界崩壊狂熱地獄《アザエル・インフエルノ》！！！」

光の凝集がモンスターを呑《の》み込んだ。

しゅううううううううううう……。

光が収束すると、その中から一人の青年……ビビア・ハルノアが元の姿の状態で直立していた。

ところどころ薄汚れてはいるが、息をしているのが分かる。

「ビビア！　無事だったのね」

「よしよし、元に戻ったようだな！　ドブさらい五回分達成だ！」

「これであたしたちまた冒険者やれんだね!?　高額報酬のクエスト受けて化粧品買ったりできるじゃん！」

三人が駆け寄ろうとするが、

「近づくな！　まだそいつは!?」

「「「へっ!?」」」

油断ほど質《たち》の悪いものはない。

「邪魔だ。ゴミは視界から疾《はや》く去れ」

ビビアが手を軽く振るう。

「こんなもの俺の盾で防いでっ……ぎゃあああああああああああああ!?」

「ほんげえええええええええええええ!?」

「ぎゃあああああああああああああああああああ!?」

先ほどとは比べ物にならないほどの圧倒的な力。

先ほどまでは楽に防げていたエルガーの防御を貫通し、その衝撃波を顔面や鳩尾《みぞおち》に思いっきり叩き込まれた勇者パーティーメンバーたちは、悶絶《もんぜつ》しながら会場の外まで軽々と吹き飛ばされていった。

死にはしないだろうが……。

やれやれ、最後までしまらない奴らだ。

「驚いたか？　先ほどまでの姿はまだ魔神と儂、そしてこの勇者との融合が途中だったことによる不完全体。今こそが完成体よ。さあ、さあ、この完全体たる四魔公ワルダークの力の前にひれ伏すが良い」

ビビアの姿を借りて、その男は、かすかな笑みを浮かべる。

「四魔公か。魔王の部下には四人の従順なしもべがいるとは聞いていたが、それがお前か」

「その通りだ。お前たちの力は見せてもらった。だが、先ほど程度の力であれば儂の足元にも及ばぬ！　さあ、恐怖におののくがいい！　はあああああああああ！」

ワルダークが両手を上げる。

すると、辺り一帯の風景が海面へと変化した。

空間転移？

いや歪曲《わいきょく》か。

「なるほど魔神の権能か」

「左様。ポセイドンは海の魔神！　真の力を発揮できよう！　さあ、これでも喰らえ！――極・大海嘯《メイルシュトローム・ノヴァ》！」


荒れ狂う大津波を魔術で顕現させた。

数百メートルの高さの波。恐るべき大魔術。

だが、俺はそんな高揚している敵に対して微笑みながら、

「お前こそ勘違いしているようだな」

「何？」

ワルダークが怪訝《けげん》な表情を浮かべる。

俺は杖《つえ》を構えた。

「あの程度が俺の……俺たち真の賢者パーティーの全力なはずがあるまい。あいつらも優しい奴らだ。勇者相手だからきっと手加減していたのだろう」

「な、何!?　負け惜しみをっ……！」

だが、俺は敵の言葉を無視して、冷静に指示を出す。

「ラッカライ、行けるな？」

「はい、お任せください、先生！　では、アリシアお姉様！　コレットお姉様！　フェンリルお姉様、手伝って頂けますか？」

「可愛《かわい》い妹の頼み！　いいですとも！」

「分かったのじゃ！」

「やれやれよのう」

ラッカライの言葉に、三人は頷《うなず》くと、

「黄昏《たそがれ》の神エルキドゥ。血の流れに逆らいて、時の流れを逆巻いて。偉大な貴方の名において、我が聖脈を等しくすることをここに誓わん。聖魔力共有化《セイント・グラフィクス》！」

「ものみな眠る天空よ　蒼穹《そうきゅう》を飛ぶことぞ竜の本懐　空気の流れを頬に感じ　荒れ狂う嵐を笑い飛ぶ　震える大気を飲み干して　咆哮《ほうこう》高く神を呼ぶ　赤き濡れたる瞳の奥に　戯れ遊ぶ　嬉《うれ》しさよ　聖竜加護の付与《ゲシュペナ・アッシュ》！」

「常世の安寧にて管弦にむせび泣け我が巫女《みこ》よ。我の認めし汝《なんじ》へと降魔の剣をここに授けん」

合体詠唱《エンゲージ》を始める。

アリシアの蘇生すらも可能とする唯一の聖魔力と、神竜の末姫の与える加護、神と同等の存在とすら謳《うた》われるフェンリルの神聖魔力が、聖槍《せいそう》ブリューナクへ注がれていく。

それは神々の合唱のようなものだ。

その間に俺はもう少し具体的な指示を出した。

ワルダークが巻き起こした視界いっぱいに広がる大津波、その左端を軽く指差しながら、

「ラッカライ、そうだな、だいたいあそこ辺りから……」

「はい」

「あの辺までだな」

そう言いながら右の端までツーと指でなぞる。それはほとんど地平線をなぞるような行為だ。

「分かりました」

とラッカライは淡々と頷きながら返事をした。

「あっちから、あっちまでの、『全ての次元を斬りますね』」

彼女はなんでもないことのように言うと、聖槍を構えたのである。

「じ、次元を斬る⁉　馬鹿な⁉」

ワルダークは混乱しているようだ。

あまりにも規格外なものを理解するのは酷というものだ。

「接続完了《スケール・リミット》です！　さあ、私たちの聖魔力、いくらでも使ってOKですよ♪」

「はい、ありがとうございます、お姉様がた。はああああああああ！」

ラッカライはそう言って、聖槍を片手で持ち上げる。と、その瞬間、

『バチ！　バチ！』

聖槍から紫電ともいうべき、魔力があふれ出す。

その紫電は渦巻くように聖槍ブリューナクを中心に恐るべき速さで回転し出す。

回転するごとにそれは二倍、四倍、十六倍、二百五十六倍……。指数関数的にその威力を上げていく。

周囲の空気を吸収し、海の水を吸い込み、周りのマナを吸収してもまだ足りない。

ラッカライの聖槍の周りだけが、時空震のように鈍い裂帛音《れっぱくおん》を断続的に鳴り響かせる。

「聖槍ブリューナク。あらゆる結界を斬ると言われるその槍の正体は、次元をも切り裂く神代から

の聖遺物」

その真価は、槍《やり》と、その槍が放つ次元断の周囲のみに発生する特異点化にある。

すなわち物理の法則、魔法の法則を無視し、世界の構造そのものに干渉する力。

それこそが、

「《必中付与》。やれ、ラッカライ」

「はい！　先生！　喰らえ！　断《いな》け！　聖槍ブリューナク！　七つの次元の一を断ち切れ！

ラグナログ・パージ《原初の次元断》！」

ラッカライが聖槍を横なぎに払った。

その瞬間、「パン！」という風船が割れたような音がしたかと思うと、地平線に大きな割れ目がぱっくりと現れたのである。

まるで布をハサミで切った時のような光景。『だらり』と、今まで空だった部分が、布切れのように垂れ下がる。

そして、その割れ目の向こうには常闇が広がっていた。

「空間を割っただとぉ!?　し、しかも、その中に数百メートルはあったはずの大津波が呑み込まれていく……」

ワルダークの信じられないといったうめき声にも似た何かが響いた。

人間は……。いや魔神すらも信じられない光景を見た時、言葉にすることができないものだ。

聖槍スキル『次元断』。

無論これはラッカライだけで発現させることは難しい技だ。聖女アリシアとドラゴンの末姫、フエンリルの力があればこそ。

その意味で、彼女たちがしっかりと普段から連携し、よい仲間であること自体がある種の奇跡なのかもしれなかった。夜な夜な何か秘密の会談を持っているようだが、残念ながら男の俺は入れない……。一体何を話しているのだろうか。

ま、それは今はどうでもいいことか。それよりも。

「さてと」

俺は一歩前に出る。そして茫然《ぼうぜん》とした様子で、なんとかさっきの次元断を逃れてきた、ずぶ濡れな様子の目の前の男に問うた。必中が津波を対象にしていたおかげで助かったな。

「どうする、魔神ワルダークとやら。あきらめて降参して牢屋に入ったらどうだ？　国家転覆を図ったんだから、四魔公かなんか知らんが、牢屋の中で罪を償うといい。ああ、あと、あの勇者パーティーにも謝っとけよ？　きっちり頭を下げて、詫《わ》びを入れるがいい」

「ぐ、ぐがががががが！　ぎぎぎっぎぎぎぎいい！　人間風情がああああ！」

ワルダークは、ビビアの表情そのままに、悔しいのか、憎々しげに俺を見上げると言葉にならないとばかりに、醜い歯ぎしりを見せる。

だが、一瞬後には、その表情を一変させて、嘲笑するものに変えた。

「情緒不安定なんじゃないか？　牢屋で罪を償う前に、医者にかかった方がいいのかもしれんなぁ」

俺は哀れむが、
唐突に嗤《わら》い出す。

「ぐふ、ぐふふふふふ」

気のせいだろうか、その表情はワルダークのものと、ビビアのものが、まるで共存しているかのような、左右非対称の奇妙な表情であった。

「儂は四魔公ワルダーク！　姿かたちをいかなるものにも変化できる万物融合特殊生命体！　ならば魔神の魔力と我が抱きしこの怨念！　そして何よりっ……！」

ワルダークはニチャリとこれまでで一番大きい笑い声を上げると、

「我が憎しみを呪いに変えて、この世界の海洋全てを汚染しつくす！」

「何？」

「くっくっく！　信じようが信じまいが、どちらも同じだ！　ではな、大賢者アリアケ・ミハマ！　そしてその英雄に付き従う賢者パーティーたちよ！　この儂から世界へのはなむけだ！　この世界を幾万、幾億の間、呪い続けようぞ！　海なき人類が何年で滅びるか、せいぜい海のもずくとなりて、見届けてくれよう。くかかかかかかか！」

ワルダークは左右非対称の哄笑《こうしょう》を見せると、その体をドロリと溶かした。

「聖女さんパーーンチ！」

ドン！

大気を振動させる正拳突きが、どろどろと軟体化しつつあるワルダークの腹部へと突き刺さる。

だがワルダークの哄笑は終わらない。

「むむー、一瞬遅かったですね！」

溶け出したワルダーク……。いや、海洋呪怨生命体ワルダーク・ビビア・ポセイドンは、この世界を破滅させる毒を、大陸を覆う海に溶かし始めていた。

海が腐れば、陸地も次第に腐り、人間も他の生き物も、生きてはいけぬ死の世界が訪れるだろう。

まさに、今、世界の危機が顕現していた。

だが、

「アリアケさん？」

「旦那様？」

「主様よ？」

「先生？」

四人の少女たちが、俺へと呼びかける。

俺はもちろん、予想していたかのように淡々と、

「ああ」

とだけ簡単に答えた。

なぜなら、なんら気負いすることなどないからだ。

だって、俺たち五人にとって。

何より俺にとっては。

「世界の危機を救うくらい、大したことじゃないんだからなぁ」

「その通りですよ、アリアケさん」

「旦那様にとって世界を救うなど路傍の石を拾うようなものよな！」

「我らの力は主様のものゆえな」

「さすが、先生です！」

彼女たちの言葉に、俺は微笑んで、

「スキル・スタート」


世界の危機を回避すべく、行動を開始した。

やれやれ。

俺は嘆息する。

なぜならこれこそ、本来なら勇者パーティーの役目だろ、と愚痴りたくなったからだ。

「これではバックアップどころではないぞ、神よ？」

利子をつけて返せよ。

そうブツブツ言いながら、俺は不出来な弟子と世界を救う戦いを始めたのだった。

10、英雄アリアケによって世界は救われる

「スキル・スタート」

俺は目前で今まさに現実になろうとしている、世界の危機に対して、何ら慌てることなく詠唱を開始する。

「ぶわ《無駄》！　ぶわ《無駄》！　ぶわぁ《無駄》！」

醜悪な怪物から、ついには海洋を呪う汚物にまで成り下がったワルダーク・ビビアの融合体は、自らの哀れな様子には頓着がないようで、気持ち悪い音色のようなものを上げる。

だが、

「何を嗤《わら》っている、ワルダーク・ビビア」

「ぶわわ《笑わずにいられるか》！　ぶわわわ《なぜなら》！」

何かを言いかけようとするが、

「……なぜなら、呪いという、世界を破滅させるレベルの、実体なきもの《概念》になったからか？」

「ぶびば《なっ》!?」

俺がそう言うと、汚物は驚嘆したような音を上げる。

俺は「フッ」と思わず口の端を上げて、

「一般に神に近しい者ほど、実体なき概念に近い。ならば……」

俺は哀れなワルダーク、そしてかつての勇者ビビアの成れの果てを哀れみ、見下ろしながら、

「この地上にて最もその存在に近い俺から、たかだか、呪いごとき卑小な概念存在になったくらいで、本当に逃げられると思ったのか？」

「ぶ、ぶわわ《卑小だと》!?」

真実を言い当てられ、呪いの粘度が増す。

触れてすらいないのに、熱を感じさせるほどの憎悪の塊。これがこのまま海洋を汚染すれば早晩人類は滅亡する。

まさに世界の危機だ。

だからこそ、

「《四神相応《しじんそうおう》》」

俺はスキルを使用した。

それは俺たち賢者パーティーが、神に近い者たちの集まりだからこそ発動できる究極のスキル。

神竜ゲシュペント・ドラゴン、聖槍《せいそう》ブリューナクの巫女《みこ》、大聖女、百聖フェンリル。そして、神

の使徒たる俺という存在。

俺から見て左にコレット、右にラッカライ、前方にアリシア、後方にフェンリルが並び陣形を組む。


『神は世界を四方に分かち、力を合わせ、世界を守っている』


そう、この立ち位置は模倣であり縮図だ。

この世界の守護システムを一時的に、限定的な空間で再現する技。

だが、俺を慕い、彼女たちのような選ばれし者たちがそろわなければ、決して発動できない死にスキルである。


「ぬおお、儂《わし》らの力が溶け合ってて っ……!」

「はい、お姉様! 一つになっています!」

俺自身には敵を倒す直接の力はないかもしれない。

だが、

「いいですよ! いいですよ! さあさあ、やっちゃってください、アリアケさん!」

「思いっきりぶっ放すのじゃ、旦那様!」

「主様の力の一端を見せてたもれ」

「先生、私の先生! さあ、今です!」

「ああ！」

俺は彼女たちの言葉に頷《うなず》く。

そう、俺自身に力はなくとも、俺を心から慕って付いてきてくれる存在たち。

俺に完全な信頼を預けてくれる者たち。

そんな彼女たちとともにあれば、俺自身にはむしろ力など不要だ。

力などなくても、信頼さえあれば、

「世界の危機を救うことなど造作もない！」

そう、

「喰らうがいい！　哀れで醜悪なるワルダーク！　力などなくとも、俺のように仲間との絆《きずな》さえあれば、お前たちが画策する世界の破滅など、簡単に回避できるものと知るがいい！」

仲間なき、哀れな者どもよ！

「ぶわ！　ぶわ！　ぶわ！　あびあべびばばあああああああああああ！」

最後にワルダークの怨嗟《えんさ》の絶叫が聞こえてくるが、

「消え去れ！　海洋呪怨生命体ワルダーク・ビビア・ポセイドン！　この真の賢者アリアケ・ミハマの前から消え失せるがいい！」

俺は最後の言葉を放つ！

「神の焰よ全てを浄化せよ《ヒューリ・イグナイテッド》！」

その瞬間、四神の力をまとめ上げていた俺から、神のみが持つ浄化の光が放たれる！

まさに一時的とはいえ神そのものとなった俺を中心に、世界に光が満たされた。

「ぶびいいいいいいいいいいいい！　ああああああああああああああああああああああああああああああああああ！？？　あびあばあああばああああああああああああああああ！？！？！？！」

神の放つ光によって、呪いの塊、ワルダークが消え去っていく。

光に影が呑《の》み込まれ、浄化されていくのだ！

そして、数十秒続いた光の浄化が終わった後には、ただ穏やかな平和な海が広がっていたのだった。

それはまさに、俺……アリアケ・ミハマが率いる賢者パーティーの活躍によって、世界の危機が回避された瞬間であった。

EX、エピローグ

～その1　勲章授与……を辞退する件～

「救世主様！」

「大賢者様！」

「真の勇者アリアケ・ミハマ様！」

わあっ！　と沿道の人々が歓声を上げながら、こちらに喜びの笑顔や涙を見せていた。

俺の顔が馬車から覗くと、その歓声は一層大きくなる。

「世界を救ったくらいで、大仰なことだなぁ」

俺の不出来な教え子たるビビアを鍛え、そして新たな弟子であるラッカライの経験値を積ませようとして出場しただけの御前試合で、こんな目立つ羽目になってしまうとは。

「うかつだった……」

あれほど目立たないように普段から気を付けているというのに……。

そうつぶやくと、アリシアが呆れたように肩をすくめ、

「まったくアリアケさんには困ったものです。すーぐ大事件を引き寄せてしまうんですから。英雄の気質なんでしょうねえ」

「迷惑をかけたな」

「もう、まったくです。な、何かお返しをしてもらわないといけませんね！　た、例えば、デ、デ、デー……」

「はーい、そこまで、なのじゃアリシア！」

アリシアが話している途中で、なぜか急にコレットが張りついたような笑顔で割り込んだ。

更に、

「ですね、コレットお姉様のおっしゃる通りです」

いつもは控えめなラッカライも、聖槍《せいそう》を振るうがごとく、毅然とした調子で声を上げる。

「抜け駆けとは我の主人としては失格なのではないかえ、アリシアよ」

フェンリルは俺の膝の上で、小さな狼の状態になりながら、呆《あき》れたように言った。

うーむ、いつもながら女子のやりとりというのは謎である。

ただ、そんな様子をポカンとした様子で見ていると、逆に彼女たち四人がこちらを見て、

「「「「ぼくねんじん……」」」」

と、なぜか反対にため息をつかれたりするのであった。

うーむ、訳が分からん……。

と、そんなことをしている間にも、馬車は進む。

ゴトゴトという音も立てず、振動すらほとんど感じられない最高級の馬車だ。

……だが、残念なことに、俺を一目でも見ようと沿道に集まった大勢の観衆からの称賛の声は、一向に鳴りやむ気配はなく、その騒々しい音を余計にしっかりと耳に届けていた。

「ところで聞いた話によりますと、この馬車は元々勇者パーティーさんたちが、この街に入場する際に使用していたセレモニー用のものらしいですよ」

そうアリシアが言う。

「そうなのか、どうりで豪華な仕様なわけだ」

俺は頷《うなず》く。

「にしても、その勇者パーティーたちを倒した旦那様が、その馬車で王城に招かれるというのは皮肉な話じゃよなぁ」

「勇者様たちも、街に入場する際はこういった大衆たちの歓声を受けて、出迎えられたんですもんね……今は完全に逆になってしまってますが……」

「自業自得よの」

「ま、そうだなぁ」

俺は曖昧に頷いた。

勇者パーティーは現在全員入院中である。

まあ、色々やらかしはしたが、いちおう俺たち賢者パーティーの一員として戦ったことが評価されて、ドブさらい三回分くらいにはしてもらえそうである。

勇者ビビアもなんとか助かった。

即死回避スキルはあくまで即死回避でしかないので、瀕死には変わりなかったが……。

まあ、そこはまだまだ自分の弱さが招いた事態だと思ってもらって、今後精進の糧にしてもらいたいところだ。

それだけが師であり、友であり、そして今回命の恩人になった俺の素直な気持ちである。

そんなことを言うと、

「さすが旦那様じゃな。色々なことをあっさりと水に流したうえに、あやつの成長を祈ろうとするのじゃから！」

「なに大したことではないさ。それに、それが上に立つ者の使命というものだ」

もう慣れた、とつぶやいた。

「先生は本当に清廉高潔なお考えをされますよね、ボク、感動しました！　本当はもっと威張ってもよいことなのに。この馬車だって、これから先生に勲章を授与するために遣わされたものなわけですし……」

ラッカライがそう言って、遠くに見えるこの街の城を見上げる。

そう、この馬車は今、この街の中央にある城に向かっていた。

救世主である俺に勲章を授与するために、王国がわざわざ手配したのである。

だが、ラッカライの言葉に、アリシアとコレットはなぜかニヤリと笑う。

そして、ちょうど観衆の群れが途切れる十字路に差し掛かったところで、

「よーそろー！　です！　さあさあ、御者さん、お役目を交代いたしましょう！」

「な、何をする!?　う、うわあ!?」

うーむ、目の錯覚だろうか……。

アリシアがその細腕で大柄な御者の首根っこをつかむと、ポイッと麻袋の重ねられた場所に放り投げたのである。

「にゃはははははは！　ほーれ、馬よ、走れ走れ！　走るのじゃ！　まんまと脱出成功じゃ！」

「えええええええええ!?　どういうことなんですか!?」

ラッカライは驚いているが、さすがアリシアとコレットは付き合いが長いだけあって、俺の考えなどお見通しのようだ。

俺は悠々とした様子で立ち上がると、

「よし逃げるぞ！　アリシア！　コレット！　ラッカライ！　フェンリル！　これ以上、勲章授与なんて、目立つ羽目になるのはさすがに勘弁だ！」

俺はそう言いながら、スキル《隠密》を詠唱した。

すると、慌てて追いかけてきた兵士たちが、こちらの姿を見失って、焦った様子で立ち往生しているのが見て取れる。

俺を先ほどまで救世主だなんだと祈るように歓声を上げていた大衆たちも、突然姿が見えなくな

ったことに驚いて若干パニック状態になっていた。

「アリアケ様がお隠れになったぞ!?」

などと叫んでいる。

「な、なんとしてでも捜すんだ！　俺たちの希望の光を！」

やれやれ。

俺は肩をすくめる。

やはり俺が目立つことはよくない。強すぎるし、規格外であるがゆえに、人々に自分たちで立つことを忘れさせてしまう。

俺がするべきは、この世界を救う者を育てること、バックアップすることであって、力と才能はあれど、俺自身が英雄になることではないのだ。

そのあたり、完全に英雄といってよい今回の行動については、ついつい流れで世界を救ってしまったとはいえ、反省が必要だろう。

「ところで先生、一体どこに向かわれるおつもりなんですか？」

落ち着いたらしいラッカライが、首を傾《かし》げて聞いてきた。

風に流れる肩まで伸ばした髪を押さえるその姿は、完全に深窓の令嬢の仕草そのものだ。

「もちろん、のんびり暮らすためにオールティに向かう旅を再開する！」

その言葉に、

「しょうがないですね～、心配ですからこの聖女さんも（ずっと）ついていきますね♪」

「わしは元から旦那様と（ずーっと）一緒じゃ！」

「我もこの膝の上でずっと、ムニャムニャふわぁ……」

「はい、先生！　ボクも（ずっとずっと）お供します♬」

四人がそう返事をした。

俺は、「アリアケ様！　英雄様はどこに行った！」とパニックを起こす大衆の声を背中に受けながら、もはや振り返ることもなく、海洋都市『ベルタ』から信頼する仲間たちと一緒に脱出したのであった。

～その2　アリアケに伸びる手～

【?????　side】


「あらあら、これは本当なんですか?」

私は驚いて、そのレポートを何度か読み返しました。

そのレポートには、私の大事なアリシアちゃんと、何よりも、彼女が『ぞっこん』のアリアケ・ミハマ君が、四魔公ワルダークを圧倒的な力で打倒した事実が克明に記されていたからです。

「相変わらずの規格外っぷりですねえ、やれやれ」

読めば読むほどため息が出る。にわかには信じられない事実が、普通に記されているので、何か御伽噺《おとぎばなし》を聞かされているような気分です。

それくらい、彼の活躍は目覚ましいです。奇跡といってよいでしょう。神の祝福を受けているとしか思えないのです。

「ああ、いえいえ。アリシアちゃんの予想では、神の使徒ではないかということでしたね～」

世間が勇者がどうたらこうたら言っているのを、私はちょっと鼻で嗤《わら》いながら、もう一度アリアケ君に関する報告箇所だけ読んでいきます。

そして、その圧倒的な力を感じ取り、手に汗を握り、そしてとうとう、ポツリと言葉を漏らしたのでした。

「欲しい……」

うううう、欲しい欲しい欲しい欲しい欲しい欲しい欲しい！

ダメだ、我慢できない！　じゅるり！　おっとしまった、ちょっとよだれが出た。

（誰にも見られていませんね？）

ちらりと周りを見るが、おつきの司祭は幸い目を伏せています。よしよし。

（ああ、でも本当に我慢できないわ♫）

私はこれでも大教皇。

大陸屈指の大教会、国教『ブリギッテ教』第一位。リズレット・アルカノン。

ならば当然、

「超有能な人材を手に入れるためには手段を選んでいられません！」

ならば！

「人を仲間に引き入れる方法は、昔から決まっています。ええ、そうですとも、アリシアちゃんもきっと、喜ぶわ。はい、パンパン、誰かある！」

その声に、控えていた司祭が近づいてきます。そして、たちまち私の命令を手紙にしたためると、その五分後にはアリシアちゃんに向かってその手紙を運搬していったのでした。

「はぁはぁ、待っていてね、アリアケ君。大教皇があなたをゲットしちゃいますからね♪」

私のつぶやきが、誰もいなくなった玉座に響いたのでした。

【？？？？　side】

「なんだと！　我が愛娘《まなむすめ》のコレットの居場所が分かったというのか!?」

俺は思わず咆哮《ほうこう》を上げた。

千年前、何者かに連れ去られ、もはやその生存を絶望視していた愛娘、コレット・デュープロイシスが、他のドラゴンによって偶々《たまたま》発見されたというのだ。

しかも、よりにもよって娘は、人間の男に付き従っていたという。

「いえ、シャーロット様、付き従ってたというか、慕ってついていっていたみたいに見えたんですが……。むしろあれって恋しちゃってるというか……」

「そんなわけがあるかああああああああああああああああ！」

「うひゃあああああああああああ!?」

俺の再びの絶叫に、報告しに来た臣下のドラゴン『フレッド』は吹っ飛ばされた。

「ありえぬ！　ありえぬ！　卑小な人間を慕うような軟弱なドラゴンがいるものか！　いたら俺が引導を渡してやる！　おそらく！　おそらくなんらかの邪法によって囚われ、従属させられているに違いない！　くぅうううううコレットぉぉぉおおおお!!」

俺は怒りと嘆きを爆発させる。その放出される魔力によって、空間がねじれて暗雲が立ち込め、雷雨になるが気にすることではない。

「うーん、私には超ぞっこんに見えたんですけどねー、超幸せそうでしたけどねー」

「まだ言うか！」

俺は呆れつつ、

「ふん、まあ、むろん、この俺よりも強いならば、娘と結婚することも許さないではない！　だが、そんなこと、一介の人間にできるはずがないがなぁ！！！」

「海洋都市『ベルタ』で四魔公ワルダークを楽勝で倒していて、規格外っていうか、普通じゃなさそうでしたが……」

がははははははははははははははははは！

フレッドの言葉を聞き流しながら、俺は大いに笑った。竜を倒すなどありえるわけがないし、もし、そんなことがありえるならば、それこそ、神代のあの頃のように、我らドラゴンは再びあの男のもとに集結した時のように……。

と、そこまで考えてやめた。ありえないことを考えるのは意味がない。

俺は、久しぶりになまっていた翼を広げる。

「よし、行くぞ！　娘をその不逞《ふてい》の輩《やから》から取り返しに行く！」

「えーっと、本当に行くんですか？」

「無論だ！　そして、告げよう！　我が娘と結婚したければ、この父を倒せとな!!　わはははは！　人間め、きっと俺を見たとたん、腰を抜かしてしょんべんちびるに違いない！」

「なんか娘に嫌がられる父親そのもののような。せっかくアリアケ殿と青春しているみたいですしあまり余計なことをすると嫌われて……」

「アリアケというのか！　今そやつはどこにいる!?」

「聞いてないっすね……。えーっと、確かなんかブリギッテ教会に向かったっていう噂《うわさ》ですよ？」

「またあの教会か！　俺たちの領地を犯す不届き者どもめ！　ようし分かった、ちょうどよい！　もろとも成敗してくれるわ！」

「まあ、あそこは我々にとっても聖地ですからねえ。ま、穏便にお願いしますね～」

俺たちはそんな会話の後、全長数十メートルに及ぶ巨軀《きょく》を、圧倒的な魔力でふわりと浮き上がらせると、ブリギッテ教会の南西の地へと向かって進み始めたのであった。

（アリアケか）

よく考えれば、たった一人の人間に神ともいわれるゲシュペント・ドラゴンの王が動かされるというのは、それだけでも大したものだった。

そして何より、その場は人間どもの国教の総本山、ブリギッテ教会。あのいわくの地。大陸の知識のつまった場所……。

（まるでアリアケという人間を中心に運命が大きく動いているようではないか……？）

俺はそんな考えがふと頭に浮かぶが、たった一人の人間になぜそんなことを考えてしまったこと自体が不快で、頭《かぶり》をぶるぶると振ってその考えを追い出したのであった。


【？？？？　ｓｉｄｅ】


「何？　ラッカライが聖都へ向かうと？」

「その通りですわ。あなた……じゃなかった。『ガイア・ケルブルグ』棟梁様《とうりょうさま》」

槍《やり》の名門の一族として名高い武門ケルブルグ一族。

その棟梁たる儂《わし》に、妻の『チルノ・ケルブルグ』が告げてきたのは、聖槍の使い手として選ばれた娘のラッカライが聖都へ向かうという知らせであった。

世界に四つあるという聖具のうち、槍の使い手が我が一族から生まれたことは喜ばしい。

だが、ラッカライにその才能があるとは到底思えなかった。

娘は深窓の令嬢と言ってよく、美しい絹のような髪を長く伸ばした、おとなしい娘だったのだから。

しかし、使い手に選ばれたのならば心を鬼にするしかない。

でなければ、聖槍の使い手というだけで、世間が放っておかない。

無暗《むやみ》に戦闘行為を仕掛けてくる輩もいるだろう。

だから儂は泣く泣く娘を鍛えた。

そして、それなりに成長はしたものの、しょせんは小娘の振るう槍に過ぎず、とてもではないが聖槍の使い手として胸を張れるものではなかった。

だから勇者の弟子入りを王に依頼したのだが、残念ながら勇者の修行に耐えられず追放され、なんとあろうことか、同じく勇者パーティーを追放されたアリアケとかいう輩に付き従っているという。

「許せん……。そんな訳の分からん男と一緒にいるなどと……。このガイア・ケルブルグの目が黒いうちは絶対に許さんぞ！」

うおおおおおおおお！

儂は吠《ほ》えた。

だが、隣の妻はのほほんとした様子で、

「いえいえ、ですが棟梁様。ラッカライちゃんったら、アリアケさんのおかげで凄《すご》く成長したみたいですよ？　なんでも四魔公を退けたとか。凄いわね！　さすが私たちの娘！　師匠がよければちゃんと立派な戦士になれるって、お母さん信じてましたよ！」

儂はノリの軽い妻に辟易《へきえき》としつつ、

「こんな短期間のうちに成長などできるわけがあるまい。どうせそのアリアケとかいう不逞の輩が流した嘘《うそ》に決まっておる！」

「もー、だからちゃんと社交には出ましょうって言ってるのに。結構有名な話なんですよ？　アリアケさんがどうやら勇者パーティーの要《かなめ》だったみたいねー。その追放を知らなかったとはいえ王様認めちゃうなんて、王様やっちゃったわねー」

「あんな胡散臭《うさんくさ》い輩どもとの酒の会になど顔を出せるか！　そんな情報は嘘に決まっている！　武人は自らを鍛えておればよい！」

「もー、そんなムキにならなくても……。って、あーそっか。自分が鍛えてもダメだったのに、アリアケさんにかかれば一気に成長したものですから、嫉妬してるわけですね！」

「そんなわけないだろう！　そもそも儂が成長させられなかったのに、他の者がラッカライを一人前の戦士にできるはずがない!!」

もー、やっぱりじゃないですか。

そう笑顔で妻は言ってから、

「ま、その辺は役割分担ということで。ではそういうことで報告はしましたので、あとは教育方針の違いに則《のっと》りまして行動することといたしましょう！」

はい？

何をする気だ？

儂が呆気に取られているうちに、妻のチルノはいそいそと部屋を出ていこうとする。

ドアから半分だけ顔を出して、

「もちろん、ラッカライちゃんの応援をしに行くんですよ。あとは、アリアケさんにご挨拶でしょうか。やっぱり大事な娘を託すんですから、顔くらいは見てお話ししておかないと。母として」

「勝手なことを!?　儂は認めたわけでは……。ってというか、なんだその言い方は……。まるでラッカライがその胡散臭いアリアケとやらにほ、ほ、惚れて……」

イヒヒヒヒ!

という変な笑い声を上げてから、妻は顔を引っ込めた。急いで廊下を見るが、もう姿は見えない。

「わ、儂は!　儂は認めんぞ!　ええい、誰か、誰かある!」

その声とともに、何十人もの部下を呼び集める。

一刻の猶予もない。

大事な娘をどこの馬の骨とも分からない男にくれてやるつもりは毛頭ない!

「出陣だ!」

こうして儂ら槍の名門ケルブルグ一族は、ラッカライをかどわかし誘惑する不逞の輩、アリアケ・ミハマを討つべく出立したのであった。

～その3　一方その頃、勇者パーティーは～

「ぐそおおおおお！　ぐやじいいいいいいいいいいいいいいいいい！」

俺はベッドの上でのたうち回っていた。

「いでええええええええええええ!?」

だが、そのたびに激痛が全身に走るので、悔しさに身もだえることすらできない。

「この俺様がアリアケに無意識とはいえ、助けを求めたうえに、まんまと助けられただなんてええええ！　ああああああああ！」

もう一度のたうち回るが、

「んぎゃあああああああああああ!?」

やはり激痛に苛《さいな》まれるのであった。

「もう、さっきからうるさいですわよ、ビビア！」

「そうだぞ。それにそんなに痛いのは筋肉が足りないからではないか？　さあ、筋トレして傷を治そう！」

「んなことしたら傷が開くに決まってるっしょ。はぁ、だから脳筋馬鹿は……」

「誰が馬鹿か！　まったく、最後油断さえしなければ、きっと俺たちが怪物からビビアを助け出し、Dランクどころか Cランク……いや、Sランクへ返り咲いていたに違いないのに！」

「本当よ！　ちょっとだけ！　ちょっとだけ油断したせいで気絶してしまったわ！」

「あの後どうなったんだろうねえ。あたしらがダメージ与えてたから、あいつら賢者パーティーでも倒せたに違いないのにさ！」

「そう思うと口惜しいですわ！　ああああ！　周りにチヤホヤされる生活に戻りたいですわ！」

「お前らうるさいぞ！　俺の傷に響くだろうが！」

「元はと言えばお前がワルダークの策略にはまってモンスターなどになるからだろうが！　広まるところには広まってるぞ！　また石を投げられる！」

「しゃーねーだろーが!?　それに、宰相が魔王幹部だったなんて事実、王国としては認めらんねえよ！　だからきっと隠蔽される！　だから問題ねえ！　俺は悪くねえ！」

侃々諤々《かんかんがくがく》と。

俺は体中に走る激痛に身もだえながら口論を続けた。

「くっそー！　ローレライはどこに行きやがった！　バシュータは!?」

「なんか引き続きこのパーティーだって国王に勅命を受けてから、行方知れずなのですわよねえ……。まあ一週間もすれば帰ってくるでしょ。それまで辛抱かしらねえ」

「くっそおおおおおおおおおおおおおおおお」

俺の絶叫が病室に大きくこだましたのだった。


（終）

あとがき

こんにちは。初枝れんげです。

さて、めでたく第2巻発売となりました。

この度は本作をお手に取って頂きまして誠にありがとうございました。

読者の皆様には本当に心よりお礼申し上げます。


第2巻いかがでしたでしょうか？

本作はもともとＷｅｂで連載しているものを、書籍版に大幅に加筆修正したものでして、正直かなり頑張って書き直したところもあります。

面白いと言ってもらえると、大変嬉しいのですが……。

もし宜しければ、率直な感想を私のツイッターや、本作を投稿している「小説家になろう」のほうに、コメントをお寄せいただけると嬉しいです。

最近はＹｏｕＴｕｂｅも始めましたので、そちらにコメントをもらっても嬉しいです。

どうぞよろしくお願いします！

さて、本作ですが、先ほども少し触れましたが、もともとはいわゆるWeb小説でして、ヒナプロジェクト様が運営される「小説家になろう」様で連載していた作品の書籍版となります。

Web版の方とは違って大きく修正が入っていまして、第2巻から登場の新ヒロイン、聖槍の使い手ラッカライの修行編が追加されたり、はたまた勇者パーティーとの関係の変化がWeb版とは大幅に違って、しっかりとラッカライなりに決着をつける展開にさせてもらいました！

もし、Web版をお読みでない方は、宜しければ読み比べなどしてもらえると、

「うわ、半分くらい書き直してるやん!?」

みたいに驚かれるかもしれません。

ストーリーが大きく変わっているところもあって、面白いんじゃないでしょうか！


また、本作はコミック化も決定していまして、目下鋭意、制作中です！

くりもとぴんこ先生という、とってもかわいいイラストを描かれる漫画家様にご担当いただけることになりました。

ラフなどを見せてもらってるんですけど、本当にキャラクターたちが表情豊かで可愛く動き回っていて感動しました。

こんな風に制作過程の漫画を見せてもらえるのも、小説家の醍醐味だなぁと思います。

なお、このあと本のラストでコミカライズのキャラデザを先行公開しています！

ガンガンONLINEで2021年の夏、連載開始予定！　アリアケやアリシア、勇者ビビアた

ちが漫画でどんな活躍を見せてくれるのか。

作者の私としても今から本当に楽しみです！

詳細が決まり次第皆様に情報をお届けしていきますので楽しみにしてくださいね！


さて、第2巻で活躍したキャラクターと言えば、まずはやはり、先ほどもお話しした聖槍ブリューナクの使い手ラッカライちゃんですね。

ボーイッシュないでたちをしているボクっ娘なのですが、中身は完璧な乙女。

聖槍の使い手に選ばれてから厳しい修行を耐えてきたのですが、そんな中、勇者パーティーから追放され、野盗に襲われるというピンチに陥った彼女を、アリアケが救うことで感謝の気持ちと、そして長年せき止めていた乙女心が爆発するわけですね。

いやあ、普段ボクっ娘が、感情が高ぶると私になったりと、なかなか可愛らしいキャラクターだなぁと思うのですが、皆さんいかがでしたでしょうか！

何よりも今回も柴乃櫂人先生が素晴らしいイラストを上げて下さいましたので、かわいらしさもひとしおですね。

初枝が思っていた以上に素晴らしいキャラクターにしていただけたと思っています。

いつも本当に素晴らしいイラストをありがとうございます！

さて、またもう一人活躍してくれたのが、第1巻はちょろっとだけ登場した、フェンリルちゃんですね。

なかなか古風な言葉遣いをするキャラクターで、のじゃのじゃ言ってるコレットとはまた違った風格があるキャラクターになったかなと思っております。

彼女はアリアケ率いる賢者パーティーの中にあって、かなり傍観的な立場にいるキャラクターなんですね。

もちろん、助けてくれますし、アリアケや仲間のことを信頼してくれているんですが、実は彼女はかつてアリアケのような人間たちと長い旅をしたことがあって、色々な思いを持ってアリアケに同行しているようなところがあるんですね。

そういった彼女の秘密、過去のお話なんかも描いてゆけるといいかなぁ、と思っています。

さてさて、それでは締めの言葉とさせて頂きます。

今回のストーリー、皆様いかがでしたでしょうか？

第2巻のエピローグでたくさんのキャラクターが一気に出てきましたね。

次巻では彼らが登場して、またまたアリアケパーティーが大活躍することになります。

そして、第2巻でついに登場したワルダークをはじめとする、魔王の存在と、徐々に正体が明らかになる闇の者たち。

物語はどんどん核心に迫っていきます！

ぜひぜひ続きもお楽しみに。

さて、では改めまして、今巻で素晴らしいイラストを描いていただいた柴乃櫂人先生にはこの場を借りて深くお礼を申し上げたいと思います。

アリアケ、アリシア、コレット、ラッカライ、そしてデリアやプララなどなど。登場したキャラクターたちが本当に可愛らしく、非常に嬉しく思っています。

いつも私はいい加減なイラスト指定をするのですが（汗）。

……にもかかわらず、素晴らしいイラストを本当にありがとうございます！

柴乃櫂人先生あっての本作です。はい。

次巻もなにとぞ宜しくお願いします！

また、いつも私のつたない乱文に丁寧に赤を入れ下さる編集S様、校正様、そして編集長様にかれましても、深く深くお礼を申し上げます。

皆様がいらっしゃらなければ本作が日の目を見ることはなかったでしょう。

また本作はレーベル創刊の第1号だったのですが、幸いなことにレーベル初の重版作品にもなることが出来ました。

これも読者の皆様、関係者の皆様のおかげです！

ではでは、最後になりましたが、本書を手に取って下さった読者の皆様。

ネット掲載時から支えて下さった皆様。

本当にありがとうございました。

今後も更に面白い小説を皆様に届けたく精進してまいります。

コミカライズもとうとう夏から始まる予定ですので、皆様、引き続き応援の程、どうかよろしくお願いいたします。
初枝れんげでした！

3月吉日

巻末おまけ短編　ラッカライの日記

○月○日　『フーリアの花で愛を伝える大作戦の顚末《てんまつ》につきまして』

ボクは毎日日記をつけることにしていまして、今日あったことを日記にしたためたところです。

「はぁ、それにしても先生は本当に朴念仁さんなんだなぁ……」

ちょっとアリシアお姉様のことを不憫《ふびん》に思ってしまうボクなのでした。

そう、日記にしたためたのは、ボクの修行がひと段落した後、アリシアお姉様の恋愛相談に乗った時のこと。

『フーリアの花で愛を伝える大作戦』

その顚末がどうなったか。

それをまざまざと思い出していたのです。

「買ってきましたよ～、フーリアの花！」

アリシアお姉様が勢いこんで戻ってきました。

手には一輪の花。

『あなたを愛します』

そういう直球の花言葉を持つ、美しい花『フーリア』。

「こ、こ、こ、こ、ここここれれれをををををを……」

「アリシア、落ち着くのじゃ。のじゃのじゃ！」

コレットお姉様がポンポンと背伸びしてアリシアお姉様の背中を叩きます。

一方、フェンリルお姉様はしっぽをフリフリしながら、泰然自若として言いました。

「あの知恵の塊と言ってよい主様のこと。お主がいか～に舞い上がって、うま～く愛を伝えられずとも、その花さえちゃんと渡せばきっと大丈夫よ。なので大船に乗ったつもりでいるがよい」

「大船に……でも酔っちゃうかもしれません！　よよよ！」

「これは重症よな。冷静ではないことはよく分かった。うーむ、想定外の珍事をやらかすやもしれんなぁ」

フェンリルお姉様は困ったものだと嘆息します。

「だ、だ、だ、だ、だ、だってだって～。仕方ないんですぅ。もう十何年も片思いなんですから。

あの朴念仁！　あの朴念仁！」

「あの、ではこういうのはどうでしょうか？」

ボクは見かねて口をはさみました。

「おお、ラッカライ君！　何か名案があるのですか？　さあさあこの聖女お姉さんに洗いざらいぶちまけなさい!?」

「冷静にのう、アリシアよ。言葉遣いも悪堕ちしつつあるぞ？」

「えーっとですね、ちょっと恥ずかしいんですが……ごにょごにょ」

ボクは秘策を言います。

でも多分、とっても赤面しちゃってるよね……。

それに自分から言い出しておいて、何を言ってるんだろうボク、と今更思っています。

だって、これって、こっそりと退屈な時にメイドの間で流行《はや》っていたロマンス小説の内容だから。

フーリアの花の知識も、小説から拝借したもの。

だから、この案もちょっと過激で、だから却下されちゃうかと思ったんだけど。

「お、お、お、お、男の子的にはそういうのが、いいんですね！　はぁはぁ……」

あれ？

意外な反応。

ぐるりと見回すと、コレットお姉様やフェンリルお姉様も、

「確かにラッカライの提案は分かりやすいのじゃ！　儂《わし》は賛成なのじゃ！」

「下手なことをしない分、成功率も高いのではないのかえ？　我も賛成よ」

一つも反対意見が出ませんでした！

ああ、いいのかな？

いいのかな？

でも、そんなことを思っているうちにも、あれよあれよと言う間に、準備が整っていきます。

単純明快な作戦なだけに、準備が簡単ですからね！

「準備完了！」

脇役のボクたちは去ります。

そうアリアケ先生が宿泊される宿屋の一室から。

ベッドの中に、アリシアお姉様だけを残してっ……！

名付けて『フーリアの花で愛を伝える大作戦』！


「ふぅ、適当な依頼があってよかった」

そう言って先生が部屋に帰ってきました！

ボクたちは魔術でこっそりと隣の部屋から様子をうかがっています！

「い、今から思うと聖女様を先生のベッドで待機させるのってやりすぎだったんじゃ……」

「ふむ、ラッカライよ、よいことを教えてやろう、なのじゃ！」

コレットお姉様が堂々と言います。

「儂も実はそう思い始めておるのじゃ！　さすがに破廉恥すぎぎんじゃろかって。しかし、始まってしまったものはもう遅い！　あとは野となれ山となれ、なのじゃー！」

えええええ!?

それって無責任なんじゃあ。

「しっ、二人とも静かにの。ここからが見どころゆえな」

一方のフェンリルお姉様は、さすが年上の貫録と言いますか、落ち着いた様子で事の成り行きを見守っているようです。

「いや、このフェンリルは楽しんどるだけじゃぞ」

「ふふふ、何を言う、従僕としてアリシアの恋愛成就を温かく見守っておるのよ。ぬふふふ、いやぁ、洞窟ではこーんな娯楽なかったゆえ、我はいま超楽しい！」

本音が漏れちゃってますね！

ともかく、

「あっ、先生がベッドの膨らみに気づきました！」

一瞬先生がベッドの方を向いて怪訝《けげん》な表情になります。

そして、なぜかそのあと優しい表情になると、

「なんだかこういうのも久しぶりだな」

そう言いながら、

「見つけたぞ、アリシア」

そう言って、掛布団を取り去ります。

そこには、

「なんでバレたんですか～!?」

と、ぐるぐるお目目の聖女様がいました。

胸にはフーリアの花が抱きかかえられています。

ですが、これではダメです！

ボクたちは焦ります。

先生をびっくりさせて先手を取るつもりが、布団をかぶった状態で既にばれてしまったことで、逆にアリシアお姉様がパニックを起こしているのですから！

「ああ、ばれてしまいました!?　まずいです！」

「いやいや、ここまでは想定の範囲内、なのじゃ！　どれだけパニくっても大丈夫なのが、このベッド・イン聖女作戦の肝なのじゃし！」

「だが、どうして主様は、アリシアがいると分かったのであろう？」

フェンリルさんが首を傾《かし》げます。

一方、アリシアお姉様もなんとか混乱から回復してきたようで、

「あの、その、アリアケさん……私ですね……」

何か言いかけます。

しかし、

「ふっ、分かっているさ。アリシア」

そう言って、先生が優しく微笑《ほほえ》みながら、お姉様が持っていた『フーリアの花』を手に取ります。

そして、なんとなんと！

アリシアお姉様の頭を優しく撫《な》で始めたではありませんか！

「す、凄《すご》い！　これは決まったんじゃないですか!?」

「さすがアリシアなのじゃ！　一発とはの！　見よ、あの蕩《とろ》け切った表情を！」

「うむ、あまり青少年には見せられぬ顔じゃな」

本当に、凄く幸せそうです。

頬は真っ赤で、宝玉すら霞《かす》む碧眼《へきがん》は潤んでいます。

と、その時、ズキンとボクの心の底がなんだか痛むような気がしました。

なんでかは分かっています。

別に先生の一番になりたいとかじゃありません。

でも、あの聖女様のお顔を見ていると、ボクもせめて、時々頭を撫でてもらえるような関係になれないかとか。

そんな分不相応な思いを持ったんです。

ええ、ええ。分かっています。

ボクは聖女様に嫉妬してしまったんですね。

そして、同時に、聖女様と同じくらいの強さと美しさを兼ね備えている、ボクの隣にいる人たちに対しても……。

と、そんな思いにとらわれていたんですが、

「子供の頃はこうやって、よく俺のベッドに忍び込んでいたよな。かくれんぼだとか、あと修行が

嫌になった時も大人の目から逃れるためによく潜り込んでたなぁ」

「「「…………………………へ？」」」

部屋は違えど、お姉様とボクたち三人の声がハーモニーを奏でました。

かくれんぼ？

いえいえ、フーリアの花言葉は……。

「お前は見つかるとすぐに泣くから、昔はこうやって俺が慰めてやっていたものだ。なんだか懐かしいな。あの頃は皆仲良くやっていたな。そうこの花……」

そう、そうですよ、先生。

フーリアの花言葉は『あなたを愛します』です！

「ジャムを作るのに最適なんだよなぁ。あの村は貧乏だったから、砂糖じゃなくて、別のフルーツと混ぜて作ってたか。ふふふ、久しぶりに食べたくなったのか？」

そう言って、更に嬉《うれ》しそうに微笑みながらアリシアお姉様の頭を撫でます。

童心に返っているのでしょう。

「こ、これはさすがに……」

「うむ、失敗のようじゃな！」

「そうかもしれぬなぁ。しかしまあ、見てみよ、あの二人の顔を」

「お二人の顔、ですか？」

ボクは先生とアリシアお姉様のお顔を順番に見ます。

先生は先ほどから嬉しそうな表情をしています。

そして、アリシアお姉様の方はというと、

「あっ!?」

ボクは気づきました。

確かに告白は失敗したわけですが、先生に頭を撫でられてうつむくお姉様は、やっぱりとっても、

「嬉しそうなお顔……」

そう。

とっても幸せそうなのでした。

その二人の空間は、幼い頃からずっと一緒にいた二人だからこそ共有できる侵しがたい雰囲気を持っていて、ボクは正直、うらやましくてたまらないなと思うのでした。

それはボクが自分の気持ちを偽って蓋をすることに、本当の意味で限界を感じ始めた瞬間だったのかもしれません。

とはいえ、数秒後、我に返った聖女様の、

「って、そうじゃないです！　こーのボク！　ネン！　ジーン！」

という絶叫が宿全体に響き渡ったのですが。

やっぱりロマンス小説のようにはいかないものなんですね。

勇者パーティーを追放された俺だが、俺から巣立ってくれたようで嬉しい。
……なので大聖女、お前に追って来られては困るのだが？
コミカライズ鋭意制作中！
コミック版キャラデザ大公開!!
原作：初枝れんげ・柴乃櫂人
（SQEXノベル）
漫画：くりもとぴんこ
ガンガンONLINEにて、
2021年 夏 連載開始予定!!

SQEXノベル

勇者パーティーを追放された俺だが、俺から巣立ってくれたようで嬉しい。
……なので大聖女、お前に追って来られては困るのだが？　2

著者
初枝れんげ

イラストレーター
柴乃櫂人

2021年5月7日　初版発行

発行人
松浦克義

発行所
株式会社スクウェア・エニックス
〒160−8430
東京都新宿区新宿6−27−30　新宿イーストサイドスクエア
（お問い合わせ）スクウェア・エニックス　サポートセンター
https://sqex.to/PUB

印刷所
図書印刷株式会社

担当編集
鈴木優作

装幀
冨永尚弘（木村デザイン・ラボ）

ISBN978-4-7575-7249-2　C0093　Printed in Japan